U0611425

后浪出版公司

童伟格 著

无伤时代

四川人民出版社

【推荐序】"废人"存有论
——读童伟格的《无伤时代》

杨照

其实，我们还是可以察知童伟格与前行代曾经轰轰烈烈过的"乡土文学"之间的关系，一种逆转、颠倒了的系谱关系。

从《王考》到《无伤时代》，童伟格一贯选择海滨的荒村作为故事进行（或停滞）的背景，跳来跳去的叙述述说的也都是荒村里成长（或拒绝成长）的小人物们。他的小说里，使用大量乡土形象，反复召唤乡土记忆与祭仪、信仰，而且他的小说里，城市几乎总是毫无例外，以陌生的、敌对的、飘浮混乱的性质出现。这些特色，无疑是传袭来自"乡土文学"的。

不只如此浮面、表层的相似而已，从《王考》到《无伤时代》，童伟格小说里出现的人物，在性格上，也都和"乡土文学"里的典型角色高度亲和。他们都活在自己建构、想象的世界里。他们无能理解、更无法诠释，生活小世界以外，快速翻搅变动中的外界社会。黄春明、王祯和笔下的人物，都努力、挣扎着，用自己有限的知识，与更有限的能力，去跟庞大的社会变化力量周旋。《嫁妆一牛车》或《锣》的喜剧气氛，来自于他们如此笔拙、自以为是地企图掌握自己的生活遭遇；而《嫁妆一牛车》或《锣》的悲剧性，也来自于他们永远对操纵命运的外界力量，无能为力。

童伟格小说的角色，也是如此。然而在《王考》和《无伤时代》里，借由这样无知无能而封闭在狭小荒村环境里的人，童伟格却写出了完全异于王祯和与黄春明，既非喜剧亦无强烈悲剧的情境。

阅读童伟格的小说，让人一方面接近"乡土文学"，一方面却又快速远离。最关键的差别，在于童伟格既不像王祯和那样无情地嘲弄这些小人物，也不像黄春明那样多情地为这些小人物悲叹、义愤。悲叹与义愤，是"乡土文学"最核心的价值，写这些小人物的慌张、焦虑、茫然、抓瞎，像无头苍蝇般胡窜乱撞，为了要控诉害他们如此适应不良的那个时代变迁巨轮，也为了要唤起大家同情他们、帮助他们。王祯和常常写一写，过度着迷于这些乡人无知举措所制造的荒谬场景，忍不住跨越了悲叹与义愤的道德界线走到了戏谑作弄的那一边，其实是"乡土文学"的异数，也因而让他的杰作，如《小林在台北》《玫瑰玫瑰我爱你》长期被忽略或被误读。

然而不管是黄春明或王祯和，以及二十多年前热情投入"乡土文学"书写的众多作家们，他们看待"乡土"的眼光，毕竟是有着认识论上的绝对距离的。不管要同情，或要嘲讽，都必须预设着一个立场：作者比他笔下的乡土角色掌握更多的、不同的知识，所以作者才能回头用同情或嘲讽的态度，看这些在小圈圈、小笼子或甚至小粘蝇纸上奋力手忙脚乱的角色。

像是人与捕蝇纸上被粘住的苍蝇之间的关系。苍蝇感受到自己的危险处境，却感受不到危险处境的来龙去脉，更感受不到自己挣扎的徒劳。只有掌握了整个状况的人，才能选择或泪或笑的表情，来看待苍蝇。

童伟格却选择和他笔下的这些人物，一起活在无知与无能的手忙脚乱里。在只有一条柏油马路，只有不断脱班迟到的一班公车的海滨荒村里，人们不只没有办法与现代社会一起发展演化，他们甚至没有办法分辨真与假、生与死、贫与富、过去与现在等最基本的区别。他们的无知与无能，使得他们接受不到现代生活理性的感染，进而使得他们超越了真与假、生与死、贫与富、过去与现在的界限。

他们的存在，一塌糊涂。他们被荒村乡土的条件，隔绝在整理存在秩序所需的现代知识与现代概念之外。因而他们吊诡地取得了一种自由，活在一塌糊涂，超越真假、生死、贫富、过去与现在界限的存在中的自由。

是了，童伟格最特殊的文学视野，就是把"乡土文学"当中应该被同情、被嘲讽、被解救的封闭、荒谬的"乡人存在"，逆转改写成了自由。在那个理性渗透不到的空间里，人们大剌剌地，既无奈又骄傲地活在既真又假、生死无别，完全可以无视于时间存在、无视于时间线性淌流的世界里。

《无伤时代》书写的，正就是荒村荒人无伤的自由。从现代理性角度看，小说里的每一个角色，都过着虚无败坏的生活，整本小说简直就是对于种种败坏（decay）的执迷探索。村子在败坏、人在败坏、记忆在败坏。祖母的故事是败坏的故事，大母亲的故事是败坏的故事，整个家族每一个人的故事，都环绕着同样的败坏主题。

乍看下，童伟格似乎是用那座海滨荒村当作绝对败坏的象征，然后恣意地实验、尝试书写生命的种种败坏可能。从物质的败坏到肉体的败坏到行为的败坏到记忆的败坏到想象的败坏，而贯串其间的，又是一种意义的败坏，败坏的高度传染性甚至如癌细胞般自体反噬败坏掉败坏的意义。

如果败坏全然不带任何意义，那童伟格为什么要堆砌、开发那么多败坏的情节？让整本小说成为某种"败坏的壮观展示"呢？藏在背后的，我们怀疑，是作者的耽溺，还是作者扭曲的炫耀？是童伟格无法自拔于反复书写种种可能的败坏、种种败坏的可能；还是童伟格沾沾自喜地仿佛在说："看，你们还有谁能够想象，书写这么多败坏情节呢？"

还好童伟格的书名，以及出现"无伤"的那一段话："那一刻，他明白自己已经成功说服母亲了——在她眼里，他已经是个无伤无碍的废人了。他已经被原谅了。"（页181）提供了我们不一样的线索。原来，童伟格透过小说建构的，是一种"废人"的逻辑、一种"废人"的伦理学。

就像骆以军到目前为止所有作品，都在摸索着一套"人渣伦理学"或"人渣存有论"一般，童伟格也以"废人伦理学""废人存有论"作为统合小说叙述的根本策略。骆以军的

"人渣存有论"低调却坚持地要说服读者，一种永远无法融入社会主流，只能远远欣羡嫉妒、诅咒社会主流，并且在每次与社会主流相遇时就倒霉带衰的"人渣"，有他们自己的"人渣观点"，而"人渣观点"其实饱含着自创一个光怪陆离世界的巨大能量。相对地，童伟格的"废人存有论"，用滚滚滔滔的"败坏描写"，铺陈着一套价值——"废人"是"无伤无碍"的，"废人"不可能对这个世界有什么伤害、什么妨碍，因为他们根本不活在这个世界里。他们的"废人"身份，是以在自我想象世界里自由决定的。"废人"活在循环的败坏里，他们的败坏甚至不带一点颓废（decadence），单纯只是败坏（decay），败坏到底，连颓废或虚无那样文明的范畴都消失时，"废人"就自由了，他们不再需要在意真假、生死、时间、空间，那是一种空洞却新鲜的自由，唯有透过"废人"、穿越败坏，我们才能看到、呼吸到的空洞却新鲜的自由。

童伟格放弃了对于乡土人物的关怀、同情，如实地接受他们作为与现实脱节的"废人"存在，如实地接受"废人"存在中一切荒谬无常，他打破了"乡土文学"的核心人道立场，从这点上看，他无疑是"乡土文学"的叛徒。然而背叛"乡土文学"的人道温情，走自己的"废人"路线，童伟格让作为叙述者的自我也一并"废人化"，弥合了"乡土文学"中作者与角色的知识论落差，最终却赋予了这些荒村乡人们，一种史无前例的自由。他们的生老病死，他们漫长的等车与怪诞的杂货店，于是超脱了可怜可鄙的地位，成为独立独特的、自由的存在。从这个角度看那童伟格似乎又回到了"乡土文学"的路子上，绕了路给予乡土与乡土人物，更高的尊严与尊重，他不再像其他乡土作家般，希冀透过文学来帮乡土争取社会正义（social justice），他直截了当地，就在文学里，只在文学里，给了乡土诗学正义（poetic justice）。

目录

序章　入境

　　她吸了三十多年粉尘，左耳后冒出两颗小小的肿瘤。她一个人背着背包——里面装着一件薄外套，和一把折起的伞——出门，骑着脚踏车去到滨海小街，然后转公车，抵达那幢大医院。那是个如常的通勤之晨，公车车厢里挤满了人。在公车每一靠站、人群更流之时，她都会踉踉跄跄，尝试着蹭移到一处自觉离人群最远的角落。所有人都健朗，所有人都神色漠然，各张着一双困眼，各自可有可无地看向车窗外。

　　这样很好，她想。她希望没有人注意到她。

　　电话声。列印声。问答声。辗轮声。她站在医院一楼的大厅里，像站在一处繁华的闹市口。

　　"让我想一想。"站在一长排挂号柜台前她长考着。

　　她要忆起昨晚独自计划好的事。她计划一次挂好三科门诊：第一诊，皮肤科；因为她发现自己耳后的肿瘤移动了位置，并且似乎变大了。"长在淋巴腺这个位置，很麻烦的。"昨晚她照着镜子，对自己这样说明。第二诊，耳鼻喉科；因为皮肤科医生大概会直接将她转到外科去动刀，到时，她一定要记得缠住医生，央求医生看仔细点。万不得已一定要转，她可以请医生帮她安排别天，自己先去耳鼻喉科看。第三诊，一般内科；因为耳鼻喉科可能还是诊不下来，她会继续央求医生，如果还是要转外科，她会说她早已经转了，然后赶去一般内科报到。

　　总之，她构思着：千万别一下给人推去动刀，那是最后的处置。

　　一直以来，她是这样相信的。

　　她挂好号，挤出电梯，置身在医院三楼的长廊里。

　　粉蓝色的工字形长廊上，一落落摆着粉红色的塑胶椅。墙上挂着好几架电视，每半小时流跑一次的新闻画面无声演着。她忖量着，挑选了两个既靠近皮肤科，又远离人群的座椅，把背包放在一个座椅上，自己坐在另一个座椅上等待。将近九点，长廊上每扇门都走出一名护士，护士挂出门后各医生的名牌。门一开一阖，送病历的手推车滚过蜡亮的地板，仿佛一病一痛都能那样准确沥干。

　　她一抬眼，就看见她。她看见一名老妇人，身挂着、手提着好几口塑胶袋，滴滴漏漏在长廊上滑行。老妇人望见一个人手上晃着挂号单，贴过去指引说："你看哪科？这个单子要投进门上那个信箱，医生才知道你来了。"那人道了谢，但老妇人抓住那人的手不放，涕泪交酿对他说起一个极其复杂的故事。老妇人说她照顾一个不言不语不走不动的谁照顾到那个谁终于死了，每天每天都好辛苦啊。"怎么辛苦的我告诉你。"老妇人纷纷错错一下举了十几个例子，每一个都被那人好意的笑脸打发了。

　　渐渐地，那人笑脸僵结、耐心将尽。看见的人都知道。老妇人自己也知道。

　　老妇人一下甩开那人的手，笑着说所以说我告诉你要帮这种人洗澡的话还是要用那种不锈钢的大洗澡盆最好用了我告诉你。

　　那人也赔笑着，与老妇人保持融洽地各自分开。

老妇人继续滑动，继续寻觅着人们手上晃动的挂号单。"你看哪科……"老妇人贴上另一个手足失措的人说。

人声渐渐满溢长廊。在她右前方，骨科门口，一个老人坐在轮椅上，裹着石膏的左腿平举着。他不时对站在轮椅后面的年轻人高喊："推进去。"

"还没轮到你啦。"年轻人解释着。

老人显然重听，不管年轻人说什么，老人的头总向后一仰，左腿一抬，"啊？"这样对年轻人喊。年轻人渐渐不解释了，但老人犹不时嚷着："推进去。"片刻后，"啊？"老人独自仰头抬着腿，哀哀地自说自问。

在她左后方，一位怀抱婴儿的母亲，和两个母亲似乎是十分钟前初识的妇人，三人合伙用各种恐怖的话语，呵骂一个小女孩，制止她任意奔跑。她听着，苦笑了。她想着，这位母亲如果意识到"人类"是一种多么奇特的生物——一个人幼时一点点走岔的事景，都可能成为他之后六七十年咀嚼不烂的养料，她恐怕会吓得不知道怎么跟自己的小孩相处。但这位母亲不知道，所以在离家庭医学科不远的地方，她紧抱一个病中的发红的婴儿，听任两个好意的陌生人帮她一起出嘴，代她照管那另一个全然健康的孩子。

这个健康的女孩，在长大以后，还会不时想起这一天吧？她想着。在一切事景淡然削弱后，长大后的女孩，会独自哀伤地记起这一切。她会记得，在那天，她的母亲，她的镇日忙碌的母亲，终于细细包好那个小婴儿，她的妹妹，像捆一个邮寄的包裹，牵着她，投进大医院。在长廊里，站在那扇仿佛是为妹妹专设的投寄门外，她的母亲紧搂着妹妹不放，笑着，配合着两个胖胖的、身上有怪味的陌生妇人，无边无际地指责她。

"母亲，"长大后的女孩会想，"什么情况下都不会变喔，你就是这样一个总是急于讨好别人的家伙罢了。"在回忆中，她说不定会认定自己是从那天起，开始理解了母亲、开始懂得了这个世界。

空气中有一种清洁剂的味道，在密闭的长廊里无以挥发，慢慢循环。她，如今犹是一个小女孩的她，顽强地忍着泪，刻意恣意跑动，但怎样都不像了——无论如何，都不可能像原先初踏一个陌生地方那样有趣而别无旁顾了。

她苦笑着，静静看着。就坐在这里，她仿佛就能透过女孩的双眼，去检视这一切。停下脚步的女孩会看见，在一道密闭长廊里，在自己正前方很远的地方，一个老人坐在轮椅上，一个年轻人站在轮椅后，歪歪垮垮背对着老人；老人不时怪异地仰头抬腿，听不清楚嘴里喊着什么。在她左前方，一个更怪异的、头发枯白蜷乱的老人——那就是此刻的她了——背对着她，呆坐着如一尊雕像。在她右后方，还有一个老妇人那样潦草凌乱地嚷着什么"不锈钢""洗澡盆""肉没办法一直烂下去""半只脚粘在床垫上拔不起来"……

那多么怪诞，像是在她初识世界的那天，世界已经苍老、已在待死了一般。

总是这样的，头发枯白的她想着。她出现在一些畸零的场面里，她不由自主地成为他人记忆里的一片残影。他们看见她，在多年以后，用她来说明另一些完整的道理。他们并不需要、也无法事先经过她的同意。

他们甚至不会告诉她，透过她，他们究竟多懂得了什么。

然而，那也许，早就都不重要了，她拉拉左耳，想着。

她终于疲惫地全身退出医院。她骑着脚踏车回家。她看见她的儿子趴在书桌上熟睡了。在他身边，环伺着一堆又一堆的废纸、书籍。在书桌一角，静静站着一尊猫的骨灰坛。

她站在他身后，看了他一会。

儿子也已经年过三十了；他回来三年了，似乎还没有离开、去外面像一个正常人那样活着的打算。她不知道他这样日日坐着不动，能追回什么。

无论那是什么，那大约也已经不要紧了。

她走出儿子的房间，穿上雨鞋，去屋后洗衣服。

她慢慢洗着，刻意让天色在她眼前暗下。

她想着通勤之晨，那台挤满人的公车。她想起多年以前，在杂货店前的那支站牌下，儿子每天搭清晨五点四十五分发的公车，去港区读国中；穿回来的袜子，没有一天是干的。

有一天，天都黑了他还不回来。她撑着伞，去杂货店前等他。她想他或许是昏头昏脑在车上睡着了；或者睡到总站去了；或者下错站了；或者怎么了。她想个不停。

总算，公车来了，他下车了。她看见他怒气滔滔走下车。

他说他等不到车。他大骂公车司机都是混蛋，永远打混，不肯准时开车。她看看他，想轻松说一句什么话，但找不到话。

她问："你就不会先打个电话回家吗？"

他更生气了，一声不吭扭头就走回家。她只好跟着他。好好的房间门，他不用手，举脚一踹就把门踹开了。门上印了一个湿湿的鞋印子，她看着，心里气极了，但也实在不知道该说他什么。不知道该跟他说什么。

时间过尽，如今，只剩下一件事了。等天完全暗了，等他完全清醒过来，等一切无可延宕的时候，她就必须对他说明这件事了。

然而，她发现，她其实早已无法对任何人，说明任何事情了。

第一章　新生活

巷口的便利商店，总有一位头发长长的大姊在看店。江发觉自己"爱"上她了。江总思量着，该如何开口和她说话。

从十六岁到十七岁，江反复在心底筹备这件事。

那一年间，江所寄居的斗室，容纳进了它能从房外世界获取的所有东西——两架组合式书橱，一尊附电汤匙的铝水壶，床板下藏着一个塑胶脸盆，里面装着盥洗用具，以及紧贴着房门的一架组合式衣橱。江凭此，开始了他既不阔绰、也不困窘，于是大约可称作完全正常的大城寄读生涯。

自然，在那段时期，江也有了几位朋友。

在那个夏夜，江听着他们走回宿舍的长廊里。

首先回来的这个人叫"高手"，他半身趴在长廊的旧木桌上，正在讲电话。宿舍里的电话是只可接听、无法打出的，但高手不知从哪里弄来一架附话筒的拨话机；每天晚上，他就把拨话机安在电话线尾端，拨电话出去，神态闲散、没话搭话地跟人抬杠。另一只手，他用力扯着一只手表。他眼睛余光始终不离表面，冷静盯看时间。时间一到，他就挂上电话，绝不多出一声。他这样打电话打了三年，电话费一次也没超过基本费，所以房东始终没发现。

长廊里又出现一个人，他走过高手身后，哼起电视影集《虎胆妙算》配乐，干扰高手精密对时。高手后脚跟一抬，马一般踹向他老二，他赶紧抽出腋下夹着的一份报纸横挡，躲过去了。他叫"大闸蟹"，是一个总是眯眯色笑、色色地嘴角吐泡的家伙。他的兴趣是看报纸。看完报纸，他会操一把剪刀，把清凉美女沿轮廓剪下来，房间里密密麻麻到处贴。那使得他房间满墙笑着的人影，像是蓝胡子的储藏室。

有人去敲大闸蟹的门。门打开，"熊"走了进来。熊是个胖墩墩、温吞吞到几乎毫无其他特征可以描摹的人。熊胖胖的手覆在门把上，另一手递出一把剪刀，对大闸蟹说："剪刀还你。"然后灰影一般闷闷地带上门，闷闷地走了。通常只有在这时，朋友们才会像大闸蟹那样惊讶地发现——靠，熊这家伙原来三小时前就已经很火大我了。

江听着他们，一边在心底筹备那件事。

江想，如果他是高手，他会直接走进便利商店，走到大姊面前，自信十足地对她说："大姊，我很会算数学喔。然后我想请你看电影。"如果他是大闸蟹，他会一边吐着泡泡，一边告诉大姊一则关于小白兔去西药房买红萝卜的笑话。如果他是熊，他不会说话。他会用胖墩温厚的手，交给大姊一封情书。情书将写得毫无特征，于是将能感动世上所有人。

但他是江。他不知道自己该怎么做。

很久以前江就明白了。他明白自己像是一株蕨类植物，只会用浅浅的根，贴住坚硬的地表，把最新生的芽，牢牢藏在最内里的地方，然后自己推挤自己，纠结蜷曲成一团苍老的大圆球。他很别扭，他有毛病，然而，他无法为此难过。因为他亦深知，对像他这样一株蕨类植物而言，那些在寂然的黑夜里，从自己孔隙源源冒出的，不会是眼泪那般单纯的东西。不，或许，在某种意义上，那其实变得比眼泪更单纯而无感，就像露珠一样。生出露珠，那不过是存活过程的一部分罢了。

谁会想跟一株蕨类植物，一同坐在黑暗的电影院里看电影？他怀疑。

或许，那需要的只是时间；十六七岁的他这样安慰自己——如果一切都是时间的问题，他蛮乐意顺着时间，将自己理好，让自己长成一个与现时的自己不一样的人。无论代价是什么。

他找出一口大塑胶袋。他将塑胶袋藏在衣柜底，每次进出门，他都习惯性地摸摸口袋，找一块钱铜板喂养它。

他想，等塑胶袋装满后，他就要去便利商店买东西。

他会去买很多东西，然后，他就用这一大袋铜板付账。

大姊必须一块一块数钱对吧？一块一块数钱，势必要花上一段很长的时间对吧？大姊数钱的时间，就是他开口，跟大姊说话的时间。

就这么办。他开始存铜板，他想，也许半年，也许两年，塑胶袋就会满了。

那时，他想必也已经变成一个不一样的人了吧。

积累铜板的方法，是江小时候，祖母教他的。

在那个夏天里的最后一日，江重新记得了这件事。

最后回想起来，那个夏天，是江与母亲处得最好的一段时光了。那时，母亲没有了固定的工作，江则刚考完高中联考，准备离开山村，前往大城寄读。或许，在内心底，他们互相对彼此感到歉然，日子于是也能平静地暂度了。

在父亲留下的屋子里，有一个早晨，江与母亲对坐吃饭。母亲想起了什么，突然丢下碗筷，跑到屋外，骑脚踏车走了。午后，她回来了，突然又显得很平静了。她把几桶白色油漆抛在客厅地上，默默无语，回到饭桌前，继续一口一口扒着未吃完的早饭。

江看着，捡起油漆桶，花了好几天，自动将屋墙重鬃过一回。

有一个深夜，母亲跑到江的书桌边，问江："你会不会杀蛇？"

"杀什么？"

"蛇。我们浴缸里有一条蛇。"

江跟着母亲，到浴室瞧。浴缸里果真窝着一条龟壳花——它跟着鼠与蛙的踪迹，在日落后从墙洞钻进屋里，挑选了浴缸作巢。

"让我想想看喔，"江以过往所有人生经验思索良久，他对母亲说，"我想，我们可以突然打开热水，烫死它——据我所知，蛇是变温动物。"

母亲听了，不发一语，踱出浴室。片刻，她回来，交给江一把生锈的火钳。

"你用这个，夹它头。"母亲边说边张张火钳，示范把蛇头夹扁的动作。

江看着母亲，默默接过火钳。

在母亲的全程观礼下，江有生以来，第一次谋杀掉一条蛇。

江举着火钳，另手推开门，走到田边，寻一道沟渠弃尸。

凌晨三点，远方大马路上的路灯全灭了；并不如何黑暗的天空底，最末一批出土的蝉，在稀稀落落地唱着。江回头，看见山村各家各户，散立在小径弯过的各个角落。十数年竞赛似的翻修、重建后，变了一个样的山村，又跌进了睡眠里；仿佛再多各自的伤逝与欢闹，它们都也已经承当过了，那样地一派酣寥。

其中，在那间江如今看来，洁白得怪异的水泥旧平房底，江那初老的母亲，正一个人待在里面，一个人慢慢爬上床板，设法让自己在天全亮前，安稳睡上几小时。

江弃了尸，回去那里。

如此，那个夏天，就又过了一日。

离开山村前一天，母亲要江去探望祖母。江看看母亲，决定不将这件事太往深处想。他踩着拖鞋，出门，去执行这项任务。

走过围篱、走上庭埕，江看见一幢楼房，那是叔叔的家。那里，住着瘫倒了四年的祖母。傍晚，水泥地静静散着热。江想不起自己上次来看祖母，是在什么时候；就连站在这里，让热气蒸着脚背，都仿佛是十分遥远的事了。

江按门铃。山坳里，整屋子一下被揪响了，但没有人出来应门。

良久，叔叔扛着锄头，光着脚，从屋边绕了出来。

江看着偌黑偌壮的叔叔，在阶前的水龙头边放了锄头，洗了脚，擦了手。到处张望找拖鞋，找到拖鞋，光脚走去穿拖鞋。又走回水龙头边洗了脚和拖鞋。又擦了手。又看了看，索性连锄头也一发洗干净了。又放好锄头；从裤头边捏出一串钥匙，打开两道铁门，脱了拖鞋、放在门边，找出两双室内拖鞋，领着江走进屋里。

在一间房里，祖母仰躺在一张床上，半张着眼睑。

房里糅合了清洁剂和西药的气味，让空气显得十分阴凉。

江与叔叔站在床边，一起盯着祖母瞧。

"她睡着了。"叔叔说。

"喔。"江说。

沉默。

"这样躺着四年了。"叔叔说。

"嗯。"江说。

沉默。

叔叔突然弯下腰，一手从颈后托起祖母的头，一手重重拍打祖母的脸。

"怎么了？"江问。

"我把她叫起来。"叔叔说。

"不用不用……"江说。

但祖母被叔叔拍醒了。祖母慢慢张全了眼，看见叔叔，像个慈祥的老太太那样笑了。

江愣了愣。"她在笑。"江说。

"常常都是这样的——一看到人影就笑。"

"喔。"江说。

一刻钟后，江跟着叔叔走出房间。江看着叔叔如吸尘器般，将房子里沿途望见的东西——杯子、墙上的画框、夹在茶几玻璃垫下的名片——都顺手拿起，拍拍打打，再端端正正地摆回原位。又一刻钟后，他们走出大门，叔叔对江说："有空多来看你奶奶。"一边背过江，忙忙碌碌锁上第二道铁门。

"好。"江说。

在庭埕上，江看见叔叔又走回水龙头边，又洗了拖鞋，又光着脚将湿淋淋的拖鞋摆回大门边，又踩着湿湿的脚印重回水龙头边，又拿起锄头，又放下了锄头，又去阶边找一双雨鞋。

江远望，看山坳里，叔叔那方墩墩的楼房，与附搭在楼房边的铁皮工寮，一起沉进山的阴影里。江明白，他们都是这样的——以一生，一砖一瓦自铸一处居所，然后敬谨地守卫它，把它当成此生已成的证明，某种纪念碑。他们甚至不敢去使用那居所里的厨房。他们会把建造那居所时所暂盖的铁皮工寮留下，搭留在建成的居所外，日日在工寮里煎煮；雨天时，他们甚至愿意打起伞、跑着，将一道道食物送进居所里。

那是他们对生活的耐性。在这方面，江的叔叔尤其是位专家。看他将生活磨砥得如此有序：他的房子总像是昨天才刚建好；他的小孩全被派到外地当学徒，回来时全都自动长大了；他的结婚多年的妻，总自愿留在工厂里加班；多年前生他的母亲，一张开眼睛，就像看见陌生人那样对他笑。

然而，卧病四年的祖母，气色几乎不见憔悴，江打心底钦佩着叔叔。

叔叔始终无法顺利地穿好雨鞋、扛起锄头，离开水龙头边。

江再一次思索祖母那无所记忆、无可藏隐的笑容。她的床榻，静谧得仿佛溶解了时间。在她的床榻外，她的儿子缩成一个小小的人影，埋着头，反复清洗自己熟得不能再熟的一切人事物。他没有妄想，他知道生活是什么。

庭埕上翻起了凉风；秋天是在天将黑前，一点一点到来的。

江走回家，发现自己的母亲，站在家门口等着自己。

"看见了？"母亲问。

"看见了。"江说。

"怎么样？"

"奶奶在笑。"

"你叔叔有没有……"

"没说什么。"江避过母亲，躲回书桌前。

江再一次思索祖母的笑容。在江的记忆中，祖母同祖父一样，都并不是慈蔼而易于亲近的人。不，比较起来，祖母其实更令江畏惧：祖父易怒，一发完脾气，人就总变得和善许多；祖母却不定时总是一派清整的，不光火、不假辞色。然而，今天，祖母笑了。江觉得不解的是，在度过了那么长久的岁月、在记得的终究全都淡忘后，祖母张眼，面对眼前那终于变得陌生极了的一切，终于露出了那样安好的笑容。

仿佛生命里，原就不该存在着启示、不该存在着寄望似的。

那是江最后一次去探望祖母。

六岁那年夏天，江死了祖父，山村有了柏油马路。结果，一生抑郁、自认从不顺遂的江的祖父，出殡时的阵仗，倒是一路顺畅地沿着柏油路，寸步不停，直杀下海滨的坟埔地。据说那天，阳光将新路晒得远近发眩。当微风绕着树廓打转，当草鞋踏在晶亮的柏油渣上，当那些积停在暗处甚久的木板与麻绳，都细细密密反出潮来时，每位帮抬帮举的村人，都不由得从心底生出一种幸福的感动。

一生中，除了卖命谋生、尽力积蓄，从没干过别事的祖父，就因为这史上头一遭的经历，被众人给记得了——人们只要一出村口，一张见那唯一一条大马路，就会自然而然想起他。

就像他整个人，一直还趴在路中央一样。

夏天过了，江将满七岁，该上小学了。每个上学日，当站在马路边等公车时，江总觉得自己像是正在扫墓。

并且，当时，祖父的未亡人——江的祖母——总专程来陪江上学。

每个上学日，吃完早饭后，江会去厨房将水壶打满，斜背起，再将厚重的书包——里面装着教科书、跟学校图书室借阅的认字书，以及一大摞江从祖厝搜括来的残本纸头——挂在两肩上，用背顶着，像个小老头一样慢慢踱出家门。在庭埕上，他会看见祖母披了件宽风衣，站在大榕树下等他。

蜜枣、话梅、无花果，祖母嘴里正嚼着什么，就从风衣左口袋掏出把什么，塞进江嘴里。江于是也嚼着那些总带有她房间气味的小零食，由她领着，由一条名叫"黑嘴"的土狗跟着他们，走过清晨的山风，走到大马路边等公车。

站牌底，总在山村孩子们都聚来后，祖母会从风衣右口袋，拿出一个绣花荷包，从荷包里沉沉拣起一元、五元，零碎的几枚铜板，亮一亮，慢慢递给江，嘱江收妥。

在同伴身边，祖母的举动总让江觉得尴尬，但江无法反对这出在每个上学日都要上演的戏码，只是低着头，收下铜板，藏进裤袋里。

江搭上公车，隔着车窗回望祖母。他嘴里仍有她的气味，裤袋里仍藏着她的施与。他知道，同伴们都还仍盯着他们瞧——一条一身泥巴的脏狗、一个鬼影般的老太婆，与一个像他这样一身累赘、脸色苍白的怪小孩；每个上学日，在光天化日底下，他们对彼此没完没了的告别。

那像是一则过于拘谨的笑话，每个重复经历的人，都终于会在心底偷偷窃笑了。包括多年以后，在记忆中回想起这一切的江。

最后回想起来，最后回想起来。江明白，也许，那些早晨，祖母只是在借那些翻拣的手势、借众人凝望的目光，重新跟江确认她与他的关系；江明白，祖母只是想对他提出一个要求——祖母在默默地对江说："你要记得我。"

江明白，会有一些时候，人们就只能用此种柔曲又强韧的方式，施与、汲取，活在彼此的见证中了。

当然，那是后来的事了。

在那之前，江的祖母，渐渐分成了两个人：一个，是午前的她；另一个，是午后的她。

　　午前的她，健朗如昔，每个上学日，她仍会到原处等着江。只是，一过中午，她就消失了。当她消失后，午后的、另一个绵软而涣散的祖母，就会在那同一个身体里转醒。她会重新踏出祖厝，就两条竹杖滑行，滑来江的父亲在田地上建起的新屋。她在新屋门口泊了竹杖，像泊了马。她喃喃轻咒马儿，拐着步，坐到餐桌前、坐到浴缸里，坐进江的父亲为她准备的一间房。

　　他们在餐桌安饭碗、往浴缸添热水，为那间房四时替换被褥，就像祖母并不在场一样。他们都了解——中午过后，祖母的心神总在遥远的他方；她只以一丝气息，等待夕阳的召唤。

　　夕阳于祖母如向导，吸引她不分晴雨，携竹马四野奔亡。吸引她去挥散力气，以便早点让出身躯。以便，当另一日开始时，当那架身躯再次张开眼，午前的那位原来的祖母，就能再回来。

　　那该是一段无可对言的艰辛历程：午前的她，那样神志清楚，却只能睁眼看着自己的影子慢慢缩回自己脚边，再慢慢拉长；在某个并不特定的刹那，她就地消失。午后的她，那样无知无觉，却似乎总明白自己不该存在的；她于是专诚地等待着夕阳，等待日日去夕阳下，处死自己。

　　最后，午后的祖母终究是失败了——她没有死成，她就地瘫倒，滑过黑夜、滑过黎明，占住所有的时间。

　　于是，午前的江的祖母，从此就再也没有回来过了。

　　当然，那也已经是后来的事了。

在那之前。

在祖母彻底瘫倒之前，江记得自己，曾经尝试着与祖母说了好多的话。

那一定是在午后。江从小学放学，回去新家，抛书包、赶黑嘴，将裤袋的铜板全倒进一个饼干盒里，满屋子寻找祖母。他去她会蹲着、坐着的地方，领出她，摆设好她。从电锅里拿出母亲准备好的便当，与她一起吃午饭。

"奶奶，这是一个时钟。"江拿出美劳作业，给祖母瞧。

"奶奶，这个叫锹形虫。"江拿出从学校借出的图画书，与祖母分读。

"奶奶，每天重新想起一个人的死亡，是什么感觉？"

便当浸在水槽里。祖母浸在厅堂的光影里。黑嘴静静趴在新门口。整山村都在睡梦中，只等待工厂的救火铃再发响。

"奶奶，我有一根鞭炮。"江拿出一根过年时存起的水鸳鸯，在祖母面前晃晃，江说奶奶我点鞭炮给你玩。江擦亮一根火柴，照着祖母；江说奶奶我真点了喔。江不动，看火柴熄灭。江再擦亮一根火柴，照着祖母。江再擦亮一根火柴。江不小心真点着了。江呆愣着，看水鸳鸯瞬间炸放手掌。江张着手，感觉耳鼓呜呜作响，焚风丝丝窜上手纹。

江看看祖母，祖母仍自喃喃自语，一动不动盯着江。

黑嘴又夹着尾巴踱回门口。

江与祖母石化般彼此对视，长达一小时。

一小时后，江自去打一盆水，坐到祖母身边。江把盆子摆在腿上，把被炸放的手泡在水里。江与祖母呆坐着，各自望着新糊厅墙的某一点，慢慢等待。傍晚，救火铃又响起，江的母亲下了工，回来了。母亲将江送出山村就医。母亲那样任祖母起身滑走，走去待在任何她会在的地方，只把江一个人送往医院去。

江又从医院回来了。江手上缠着绷带，继续在那空无一人的新屋里，寻找午后的祖母。"奶奶，你看，我又回来了。"江通知她。江又坐回她身边；江说奶奶奇怪你看我怎么像有九条命似的。

"奶奶，你寂寞吗？"江问祖母。

祖母仍旧没有回答江。

江不断对祖母说话，只是之前此后，祖母始终没有回答过他。

然后，江也终于无话可说了。

江学会了保持沉默。

江将满十三岁，成了一个沉默的国中生。江将满十六岁，成了一个异常沉默的高中生。那些藏在心底的话，时间一久，全都变得不重要了。

在那个夏天的末尾，清早，江穿着新制服、背起新书包，站在大马路边等第一班公车，准备前往大城，参加高中的开学典礼。

"回去吧。"江对陪他等车的母亲说。

"再等一下。"母亲回答。

　　江转头看看四周，那些熟悉的景物。已经迟了，江知道。江知道自己必须习惯那每隔一段时间就全面换过的他的同学、他的朋友。江知道他必须不断在一个全新的环境里，努力捡拾那些日常的语汇，以便向那些陌生人，平静地说明自己，平静地——像一个正常人那样——与他们交换身世、积累情谊。这些，江都并不在意。江觉得遗憾的是，在新学校的第一个上学日里，在他明明已经提前那么久就站在这边等公车时，他依旧注定只能是一名迟到的学生——一名最像新生的新生。

　　夏天过尽了。那些住得比他离大城更远更远的同学们，也许都已利用那个暑假，将大城混得极熟极熟了，而离大城不远不近的他，此时才刚要出发。

　　然而，江说服自己不必害怕。背着一个空空的书包，江甚至觉得自己什么都不需要了——如果真的还要从山村取走什么，江想从野地上，摘下一颗只要几个晴好的日子，就能自生自长的土芭乐。

　　江要用完好的牙齿，连皮带籽将这颗苦涩的果子咬个粉碎。只要这样，只要这点食粮能让他连爬带滚，支撑他进到大城里。只要那片参加开学典礼的行伍间，有他可以站立的方寸之地，他相信，他就可以好好站着、好好活下去。

　　只要这样就够了。只要这样就够了。

　　也许有人会不解地看着他；也许有人想知道他究竟是从哪里跑来的；也许有人会要求他说说关于自己的事。那时，江会保持微笑。江会说，他记得一个藏山里的小村子，他记得那里始终只有一条大马路。他记得，在每个星期天早晨，他看着他们各自穿戴整齐，走上马路，在站牌底，等公车前往滨海小街。

公车从清晨五点四十五分由山向海发出后，开始依序脱班，但他们不在意。他们等待八至十点间总会来的那班车，慢慢开始他们所余无多的假日：他们要去购物、去理发、去看病，或者只是要在海边闲闲走两圈；无论他们将做什么，他们都那样一起站在马路边，等待公车撞来，奔过他们，开进山里遛个弯，再出来载他们。

他们连去抢银行都等坐那班车。

那是江的远邻，一对中年夫妻。长期失业的他们，选一个平常的上工日，各自换上最好的衣物——丈夫穿西装，迟疑一会，还是打妥领带；妻子穿套装，领口别一枚亮晶晶的别针。然后，妻子皮包装一把菜刀，丈夫皮带插一只水果刀，上午八点整，他们准时站在站牌下等待。他们在午前抵达海港。客运总站设在港区滨海大街上，他们下车，看见海潮拍着马路护栏；山岗环抱的海港内，马达小艇拨水驶远。海鸢在未散的晨雾里滑翔。大街旁的各式店面，那时才接续拉开铁门。骑楼底水光一片。一阵微弱的海风，静静削走阳光的热度。

他们抬头远望，发现太阳倚在山岗顶。

丈夫看看手表，"去看海？"他说。

"好，走。"她说。

他们决定爬上山岗；他们知道岗顶有处凉亭，可以俯见整个港区。街巷沿岗迂回，楼房参差、互相倚靠，上一幢的一楼庭院紧邻下一幢的二楼阳台。阳光铺道。他们行过一岗陌生人家，那些反光的门窗，那些搭晒的被单。他们登上山岗，走进凉亭里。他们发现太阳又不见了。太阳如今懒懒融在岗下，在他们刚刚离去的地方。刚刚离去的那片清冷海边。

他坐下，摸摸口袋，松松领带。

"想抽烟？"她问他。

他对她苦笑。

他们坐着，各自看海，直到凉亭础润，岗上开始飘雨。

丈夫再看看手表："时间差不多了，走吧？"

"好，走。"

他们一起走下岗，走回沿海街区，一间小小的银行门口。他们一起进了银行。他们各自亮出刀。他们望见钱。他们是那样生疏的一对罪犯，他们甚至不知道——所有劫掠都应该预先规划逃逸路线，你不能指望一班势必不会准时的公车。于是，他们手牵手一起进了银行，就像手牵手一起走进监牢。

江会说，那是就他所知，山村人所犯过最大的罪愆了。

就他所知，事情就是这个样子。

"但，那究竟是什么意思呢？"或许有人会问。

"听不懂。"或许有人会说。

江会说，山村始终就只有一条大马路。他想起，曾经有一整年，山村里的杜鹃树一片叶子都不长。他们经过工厂门口的大马路，他们看见大路两侧栽种的杜鹃，每枝每株，都盘满了斑马虫。在晚上，很静很静的时候，他们听见小小沙沙的搓摩声。他们知道，那是一路的斑马虫，在吃净树叶后，开始嚼咬彼此、吸食彼此的体液了。

后来，又有整整一年，他们不知道杂货店的老板其实已经死了。

杂货店是一幢孤立在大马路旁的楼房。杂货店老板，则是一位独居的老先生。老先生总将全部积蓄捆成卷卷千元大钞，搣在霹雳腰包里带着。并且，一入夜他就会立即拉下铁门，躲在楼里不知哪处。买东西的人，总得狠力拍打铁门，才能叫起他。

有一天，老先生带着霹雳腰包，悄悄离开，悄悄搬入大城的老人院。

从那以后，每天夜里，九到十二点，店里一台音响，会以最大音量自动播送怀念老歌。歌曲很好听，但那不能阻止他们开始搬梯带椅，将一些花花的小广告——寻人启事、土地贷款、妈祖绕境的布告等等的——贴在店外墙上。那使得两层楼高、四面无邻的杂货店，看起来，就像一幢立体的集邮册。

又过了很久很久，老先生的死讯，才确切传回山村。

就他所知，事情就是这个样子。

"问题是……"

一直以来——江想说——一直以来，他所认得的，都陆续从那唯一一条大马路离开了。例如，比方说，例如就像黑嘴这样一条土狗。

江是在初张眼能记忆世界时就认得黑嘴的了。江总见它，腹贴地面藏在树荫下，躲雨躲风躲太阳。它的长毛纠结层束，像极一颗特大号的松果。只有当江的母亲在门口敲碗时，黑嘴才会坐起来晃晃身子，慢慢踱回来吃饭。或者，当江经过树下，往小径走去时，黑嘴会懒懒地打量他一眼，懒懒地曳着尾巴，尾随过来。

"黑嘴，别跟来，你好臭。"江总说。

黑嘴喘着气，用它黑黑的眼珠溜亮天光。从它身上不断抖落树叶、石砾、小虫子，扬扬长长散满田中小径。

"黑嘴，再走下去你会掉光的。"

江想象，当他最后回头看时，黑嘴终于只剩下白白的骨架。那时，山风鸣鸣振响它的头骨，呼呼吹透它的胸膛，黑嘴就不再喘气了；它一身轻快，昂昂踏路追来。那时，在它所踏的那条小径上，"我在这里呢。""我在这里呢。""我在这里呢。"每一片树叶，每一颗石子，每一条小虫都这样汪汪撒欢。

那时，小径尽头响起了救火铃，那是工厂的收工铃。江的母亲在铃铃的铃声里殿后走来，像是，不，她就是这样一名疲累了、麻木了的女工。她走在小径上，听清黑嘴满路的叫唤，她伸出左手，拉拉左耳，说："黑嘴，看你又把自己变成什么样子了。"然后，她会打开自己制作的塑料提袋，沿路再把黑嘴捡回来，藏回树荫下。

只是，黑嘴最后一次失踪，连母亲都找不着了。

在一个冬日傍晚，大松果黑嘴，被小货车在倒车时从尾巴根辗过，半身骨架都碎了。从此，黑嘴只用两条前腿，在地上拖行。又过了几天，黑嘴就从树下消失了。所有人——也许包括母亲——都猜测：黑嘴是这样一条骨气犹存的狗，它是像它那些好祖先一样，在知道自己已然回天乏术时，默默去找到一个更遥远更隐蔽的角落，默默躲起来等待了。

如果真是这样的。如果真是这样的，江希望黑嘴离开的那天，也要是一个大晴天。晴天的太阳，必要照干小小大大每一坑水洼，唯有如此，到处才不会那样泥泞难行。那时，在那条大马路上，风一定是那样清爽地抚着。当黑嘴撑起前腿，压低两耳勉力拖行时，从它身上，会飘下脆干的树叶。黑嘴棹着树叶，像一艘轻轻的小船。

"就这里了吧。"好黑嘴心想着。

"不，还不够远。"于是黑嘴继续划，继续慢慢向前划。

"喂，你要去死了吗？"一只小虫飞跃起，觑着黑嘴问。

"可不是吗？"黑嘴说，"汪。"

"怎么了？"

"痛。"

"耐心点，你知道，以后可没机会这样了。"

"我知道，我知道。"黑嘴继续划，继续慢慢向前划，在大太阳底下，像小飞虫那样翩翩去远，翩翩去远了。

然而，山村四时面风，其实难得艳阳天。那压残黑嘴的小货车，日复一日，总载着蔬果，在傍晚时穿透细雨来到大树下，等待收工回家的工人们。直到有一天，小货车也消失在那样的雨里，从此不见了。雨，只有雨还徐徐下着；母亲看着空空的大树下，说："卖菜的好久没出现了。"

当她那样说时，江完全无法判断：她是又想起黑嘴了，或者只是不知道晚餐该煮什么罢了。

如此，带着小小的遗憾、微微的歉然，与互相知道这些情绪都将在时间里逐渐消逝的无可如何，他与母亲，度过了一个最后想来最为平和而安好的暑假。

他们像两个有家的游民。在那个上学日，他们一同枯站在马路边等待。母亲或许会像他那样打心底觉得好笑：那样多的事景都覆灭了，但奇怪的是，整山村还是只有一条静静的大马路。

就他所知，事情就是这个样子了。

"好吧。"

"他其实早就疯了，对吧——你们看，他的记忆单调到只剩一条柏油马路，然而，他还是无法将自己说明清楚。"

没办法啊，江说，没办法啊。

当流光抛远，当他回忆起那些年复一年的重新出发，江发现自己，其实应该早点明白的。如果他不是一个那样迟钝的人，在那个上学日，他应该已经察觉了。他会察觉，他早已在他人的故事里，没有了自己的故事。

他一开始就迟到了。他的记忆，开始得极晚。他不记得在未学会走路时，自己是如何感知这个世界的：静静躺在有围栏的小床上，仰看空气里的尘埃慢慢落定，大人们的脸庞凑近时发出的哄逗声息，或者，亲人间该有的亲昵拥抱；这些，他一点印象也没有。他也不记得，在学会说话前，他究竟是如何向别人陈明自己的需求的。肚子饿时、身体不舒服时、极端感到需要他人的陪伴时，是不是都只要恣意地啼哭，就总会有人赶来，弄明白他欠缺的是什么呢？他曾经这样哭过吗？是的，他必然曾经这样在他人的爱护里痛哭过，否则，他不可能顺利长大。

遗憾的是，这些，他也已经全都忘记了。

对江而言，在他初能记忆世界时，世界已是水平而流逝不止的了。那时，他若不是已学会站立、已学会行走，也至少已能在一个角落，独自蹲踞一整天了。他看着忙碌的他们，在那些事后想来竟然总是晴好的日子里，背对着他，走远。

他像是只能借助他们的死亡，才能在日后，记明白了他们。

当他站在后来的后来，旁观那一切，他发现，在他唯一一次的少年时代里，他所仅知的只是：曾有那么多的人，他们穷途一生，无罪无恶；当他们离开时，人们早已没有任何情绪了。

"回去吧。"江再次对母亲说。

江不愿在自己搭上公车后，隔着车窗，还看见母亲呆站在原位。

然而，"再等一下。"母亲依旧如此回答他。

第二章　母亲

在离开山村工厂两年后，江的母亲独自转回，试探看能否重得一个工作。

那是一个二月天，摄氏十一度，风向西南吹，山村如常斜倾寒雨。母亲右手手肘、右脚膝盖缠着绷带，打一把黑伞，提一盒礼饼，站在厂区办公楼前。提示上工的救火铃刚响，人影一下散过。母亲认出几位从前的旧同事，仔细地、一一与他们打过招呼。母亲慢慢走进办公楼。

一小时过去了，母亲还在楼里。她还抱着礼饼，端坐在一张软椅上，椅边倚着收起的伞。雨水由伞尖淌至地面，慢慢流过她脚下。

她还在等待，等待有人发给她一个可以开口说话的讯号。

雨仍下着。人们进办公楼、出办公楼，湿湿的脚印从门口绕弯，横过母亲视线底，停在一张办公桌前，抛下各种纸张。桌后，正对她，坐着一个黝黑端正的男子，那是煞车皮工厂的经理。经理埋头盖章，讲电话，按电脑，把纸张从大桌一角移到另一角。片刻，一名清洁妇踏雨鞋，一手提水桶，一手抓扫帚、拖把走进楼，在磨石子地上滑步，差点跌倒。片刻，母亲缓缓站起，想去帮她；清洁妇抢过水桶，踱远。片刻，经理抬头，打量清洁妇与母亲的动作，不发一语。母亲低头，看看自己的运动胶鞋，看看清洁妇的塑料雨鞋，看着一整办公室滑来动去的人脚，小心转身，坐回伞尖滴出的水洼里，继续等待。

"所以煞车皮，"她想，"大概不是那种用来粘在鞋底的塑料皮。"

半小时又过去了。母亲偷偷转眼看经理，看着这个年纪大约小自己几岁的男人，摆动两条套着护袖的手臂，敏捷地忙碌着。

"你看，我就是停不下来——我是整个煞车皮工厂的中枢，所以我完全煞不住车。"在他四周，像有一圈光晕这样对她表明。

她保持微笑，静静等待。

母亲四十五岁了，初初明白自己在别人眼里，是什么样子。

黑伞风干。母亲怀抱礼盒，摸摸绷带，觉得自己，还能静静等上更长更久。

一切的开始——江的母亲之所以会出生——是因为那天，江的外公找不到一幅空白的画布。

那是在大战末期，江的外公传说不日将被征去从军。每天午前，他在喉囊反刍一口残气，闷闷醒过来。四周安静极了，他的兄弟们都出门各干各的去了，没人再想烦扰他。他独自起身，戴上渔夫帽，在细雨中抓掏摘挖，一路觅食。

走出草寮厝，走下山，涉过一片无主的湿草地，他撞见一道深溪沟。他满嘴蛇莓，昂首走过忙碌的众人，继续向前。越过溪沟上的吊桥，横过一岸水稻田、番薯田、竹笋林，和一片杂木林，他再从林中小径，爬上一座山。

他又下了山。

他再翻过一座山。

一登上那处秃山顶，他就觑见海——不，其实是一整面直接从天上倒下的波涛大海，直直冲到他的视线底。

他停下脚步，饱撑肚皮，坐在一块岩石上，看着那面就他所知的，世界的边界，在雨里默默翻涨。

他想作一幅画。等待中，他只想做这件他有生以来唯一深乐自苦过的事——作画。他想画雨中各自静立、延伸至海的草舍；想画他与家人们在湿草地割草料、烧草垛作肥的模样；想画三名老妇在溪沟石墼间共堆鱼篓、共拦一渠溪水的神情。这些画，在他脑中，都早有了完整的构图，但他始终无法决定该画哪一幅。因为大概只能再画一幅了。他等待着、迟疑着，在默思中不断修改各幅画作的细节，直到那天，他两个弟弟追上秃山顶，通知他说，都处理好了：他们帮他讨了门亲。

外公记得，是他的大弟来拍他肩膀，告诉他这些话的。他恍惚听着，回过头，看见他二弟赤脚在另一块大岩上蹿跳，不断抖裤裆。他问二弟怎么了。“没事啦，”大弟说，“他跑太快，不注意，踩到一窝红头蚁。”跑太快了啊；他听着，复述着，空想着。他只能琐琐想象在草丛根底结窝的红头蚁；想着它们用钳齿吸汲水泽；想着在这样一个光线软柔的四月天，某人大脚踱进它们的窝里；想着它们股股盘旋上那人的腿，那样惶无目的地，擒咬那人的皮肉……他总无法抽身到更高、更准确的位置，去弄明白那到底怎么回事。

他跟他们回去。

未入家门他就见到她了。他看见当时还只有一百公斤重的江的外婆，卡在厅里对门的一张藤椅中，看望屋外。他随她的视线，回身仰看高空。他看见一枝孤高的竹，以危疑的角度，在风里摇摆，答答答答，一节又一节荡过声响，又荡回来。那画面对他而言寻常极了，但她独自坐在那里，像一头搁浅的海豚那样，大张眼膜，凝神看着。

那夜是他们的新婚之夜。外婆撑起一身看不见剪裁的洋装，坐在房里床板上，用她那搁浅的视线，紧盯着外公；外公坐在一张板凳上，对着画架，不去惊扰外婆。他知道一屋子家人都并未熟睡，否则不可能那样安静，一点声息也没有。只除了雨声。他怀疑自己的兄弟们今晚将睡在哪里；他怀疑她能否弄明白自己怎么竟会端坐在那里；他纷错地想着。真奇怪，他想着，他突然明白自己该画什么了。那样确定，好像一开始就该知道似的。他起身，但真奇怪，他满室搜寻，却到处找不着一幅空白的画布。

他检查一幅幅在薄木板上格好的画作，那都画满了，都是他自己画的。

真奇怪。

他看着掩实的房门，想着自己能否就这样走出去；走离一室凌乱的画具画作；走离那个所谓的他的妻，去找到什么人，问他说——能不能给我一方纸？随便什么纸，只要是空白的能上彩的就可以了。真的真的，我只要求一方白纸罢了。也许，他想象，也许当他这样要求时，他们真会歉善悲悯地舍给他一刀刀冥纸，就像他惯听的那些乡野故事一样：到了故事的近尾关键处，冥纸总是死者的凭证、死亡的说明——他还能那样无碍地在世界里去谋求、去与物，去生一个什么留给他们，只是，他已经死了。那是唯一的差别。

那是唯一的差别。

他把一幅画置在画架上，坐下，细细检视。他回头看她，苦笑着。"初次见面，你好啊。"他对她说话，像对着海。他对一面汪洋大海喊说那真有趣，在初次见面时我发现你似乎从未见过风地里的竹子。你看，大家都以为画竹子很容易，对吧？只要一支毛笔就能画得极有神了，但其实，没有什么是容易的。在时刻变换的光影下，所有确切存在的东西，没有什么是容易确切临摹的。包括人的表情。虽然，我所见的人的表情，永远只有那少少几种。我想，我可以示范给你看，你看见的那枝摆荡的孤竹。一切都是光的作用，你看。

外公用画刀削磨画架上的画，在干硬的油彩里快手雕出线条。"就像这样，你看。"他不断对外婆喊着。

烛火灭了。雨还下着。

他丢开刀，僵直地发着愣，看她静静躲在黑暗里，不敢声张。

他起身，靠近她。

"你不要害怕。"他爬到她身上，双手捏住她的嘴唇，说你不要害怕。

天亮时雨犹未停，他再爬回她身上。

正中午时雨还不停，他又爬回她身上。

傍晚，他带她走出房间，走进雨里，去找食物吃。

九个月后，江的母亲出生。母亲出生七个月后，大战结束。那时，江的外公正趴在竹笋林里找笋尖。他记得，他的大弟跑来拍他肩膀，告诉他这件事。远处，他的二弟在竹叶满覆的土地上赤脚蹿跳。他们高声跑远了；他独自走回来。他走过吊桥、走过他在那里烧掉所有画具画作聊助堆肥的湿草地，一路踉踉跄跄抢径回家。他看见他的妻，胸膛大张坐在厅里乳孩子。

她望见他，对着他笑，那样仿佛无事可隐完完好好向他笑。

他走向她。

隔年五月，母亲的弟弟，江的舅舅，也出生在这世界上。

很多年后，外公与弟兄们埋好相继死去的父母，与山里零余的亲邻一同携家带眷，迁徙出山。在湿草地上，贴着山壁，他们建起两层楼的水泥楼屋。楼屋通梁连柱接成一长排，各家各户的屋顶平台，只隔矮矮的墙栏。外公一家，就住在最靠边的那一幢。

那就是江小时候，在山村里，每当母亲告诉他说"回后山去啰"时，江知道，母亲将要背起背包，牵领他坐一小时公车、走一小时路回去的地方。

后山聚落，雨中的楼屋。那时，江的舅舅已经成家，搬离后山了。夏天回后山，江总在他的房里午睡。

江躺在床板凉席上，环身绑着薄被，在一室樟脑丸味中醒睡。张开眼，他会看见舅舅贴在墙上的旧画报。画报底有张木桌。木桌上一盏绿色的台灯。洞开的衣橱；格屉都被抽起靠墙堆着，以防湿腐。窗帘贴窗不动。光线暗沉，像在水里。江在那样的光晕里坐起，解下薄被，套上鞋袜，在楼屋里缓缓鱼游。

静立供桌的神厅。静静的屋顶平台。一架空鸽舍。江下楼，去后院撒尿，再踱回厨房，去冰箱里拿一罐养乐多；去掀开桌罩，从浮着油脂的冷汤里，捞几块肉吃。江嚼着冷肉、吸着养乐多，游出长廊、游进厅里。江看见已长到两百五十公斤重的外婆，陷在一张大汤勺般的靠背躺椅里，呼呼酣眠。

江坐在外婆身旁一张矮几上，用养乐多冰她的脸，把手轻轻靠放她的手臂，像放在软软冷冷的沙河上。外婆醒来，看见他，伸过另一只手，用两根胖胖的手指搔点他的手，像小狗儿温暖的爪蹄。"饿吗？"外婆总这样问江。江总摇摇头。外婆身前，一架旧电视。电视拉门总开敞，总播映无声的画面。江歪过头，看向屋外，看见隔着溪沟，他的外公与母亲在远方田地上，各自以锄理地；远远地听不见话语。

江对外婆笑笑。

眼前的阒静底，从一排楼屋散出的人影，除了江的母亲外，其余的，不是老人，就是小孩。那仿佛时间被拦腰取走了一块。然而，童年的江，受母亲的牵领，待在母亲身旁，始终没能察觉、无法意会过来。

江将满十六岁了。

江手提一床棉被，跳下长途公车，踏在一块大铁板上。在他身后，空抛一般降下他母亲。母亲身背紫、黄两色塑料布拼织的背包，手拿一把收起的黑伞。她真像一员好伞兵，一落地就四面八方望透，思量该朝哪里做安全回报。

四面八方，袭人的热浪。

当时的大城，是一座大铁板城，掘地三尺不见泉，不，就算掘地三十尺，也只能看见钢骨打就的地基、塑成的隧道。一百名工人，每人头上一盏探照灯，在高压的地底，绕铁梯不断往下探、不断往下探。四壁闷热，氡气氮气静静游离出来；工人们悄悄吸进去；他们的血里，开始蒸出一个个小气泡，那使他们陶陶然。不知不觉他们话多了，像在酒宴里一样停不住嘴。他们抹抹唾液，用一头微光照看同伴，提醒彼此："小心，帮我留意，我看起来有没有很开心的样子？"不知不觉，同伴中有人一下卧倒，再也爬不起来。他们停下脚步，彼此对笑。他们说呵呵出事了哈哈快把他抬上去啊。

江与母亲，在那样的大城上方。

那是一个大好的艳阳天，大车站区赶上班的人潮刚散去。江鱼鳃着，感觉空气里有一种甜滋滋的情调。"到了啊。"在他身后，母亲开心喊。她张张临时搭上的天桥，望望临时砌起的铁板路面，看看一整片仿佛就在临时之中仓皇变出的大城街景。"真的好乱啊。"她说。

四十三岁初蹈此城，这样的母亲。

江甩甩头，说："你还没看过更乱的。"江转身领路，踩过晃响的铁板，遥指一整排零插乱置的临时公车站牌中的某一支，对母亲说："现在要去那里转车，零钱拿好，下车再投，懂吧？"

当时的江，一共到过大城七次——第一次来看考场，后两次来考高中，再后三次，他独自拿一张纸，纸上抄满地址。他照地址冲街撞巷找着了现在将搬进去的宿舍。"你看喔，"江在心里对母亲说，"我很厉害的，所有人都被我骗过去了；他们掏钥匙开一扇又一扇门，让我进去瞧，看我鱼游，听我胡乱品评，没人知道我心里其实惶恐极了。但我成功了，我一个人就搞定了，母亲。"

但江又想：母亲不会懂的。在山村，在她的房里，她只会那样怪异地立定脚跟、打直膝盖，大半身匿进壁橱底，从里面拖出一床捆好、收在提袋里的棉被。"就这床，这床最暖。"她只会寒简地这样说。她还一定要江躺在床板上，把棉被罩在他身上比试。

"刚好。"她说。她独自想着。

"我这样好像在演死尸。"

"别乱讲话。"

"你不知道吗？"江踢开棉被，说你不知道大城是个根本用不着这种大棉被的地方吗？那里的人都暖融融像巧克力酱一样，我去了那么多次，从来就没淋过一次冷雨。

"怎么不冷？"母亲不服气。

母亲说我弟弟你舅舅在你这年纪时，有一次从大城回后山你外公家，六月天，他却冷得直发抖，还没进家门，人就趴在溪沟上吐了好几回。我问他发生什么事了？还是吃坏肚子了？他摇摇头，一句话都讲不出嘴。

"拜托，"江倒在床板上，"不要再讲那些清朝末年的事了好吗？"

母亲不理会江，独自说下去。

母亲说，她的父亲，是不管事的；她的母亲，是管不了事的。那个夏天，还是她扶着她弟弟，三天两日，去大马路边等公车，坐车去看医生。从小诊所看到大医院，医生愈离愈远，公车愈坐愈久，连滨海营区旁的海军医院都去过了，住院三天，依旧诊不出病因。弟弟还是全身发冷，照三顿吐。

海军医院再过去，就是海里面了。

母亲想，没办法了，已经一点办法也没有了。

夏天将尽时，母亲开始求神问卜，把请得到的人一一请回家。

有这么一位道士，一进门，倒一碗水，要母亲在水里撒一把细铁钉、一把零钱。道士把这碗水摆在弟弟房门口，抄起鲨鱼剑，满屋子叫着、跳着，到处放火，几乎把房子给烧了。弟弟坐在床板上，笑笑地，睁眼看着。母亲灭了火，送走道士后，弟弟居然就好了，会喊饿了。母亲捧一碗粥给弟弟喝。

弟弟喝着，突然撅嘴问母亲："他有没有还你？"

"什么东西有没有还我？"母亲问。

弟弟指指门口的碗。碗里的水干了，只剩下一把细铁钉。"钱都被他收走了，"弟弟比比衣内贴胸处说，"我有看到，他藏在这里。"

"嗯。"

"一定没还你对不对？"弟弟说，"我就知道，这些人喔……"

　　母亲笑了。母亲觉得弟弟有些傻气，他如果记得整个夏天自己花了多少医药费，如果知道那道士未进门就收了笔香油钱，怎么还会去在乎那几枚铜板呢？

　　弟弟几口喝光粥，把碗交给母亲，说："我想睡了。"

　　"睡吧，"母亲说，"睡醒以后会觉得更好。"

　　母亲顺手整整棉被，将被沿拉到弟弟下巴底。不片刻，弟弟头一偏，打起鼾来，发根上、脸颊边开始泌出汗。自夏初回家以来，母亲第一次见他流汗。

　　母亲看向窗外，迟疑着，不知道该不该把窗户拉开一点，透透风。

　　还是不要；母亲谨慎地决定，暂且不要乱动。

　　这可以等了。

　　弟弟的房里犹有一种病中的气味，封闭一整个夏天的两扇窗，窗缝间开始爬长细细的壁癌。母亲走过去，拉拉左耳，看看窗外，伸手掸掸窗缝。"终于好了啊。"母亲想：那无以名之的病因，一个人躲进被窝里、熟睡之时，居然是能自己好的。

　　母亲说："我是这样想的。"

　　江听完。江回忆在后山，舅舅遗留下的房间，回忆那些夏日幽深不动的午眠。"母亲，"江在心里对她喊，"你原来什么都搞不清楚嘛。"

　　第七次置身大城，一个大好的艳阳天。江领着母亲转公车，继续前行。江觉得他们真像一对喜剧搭档：一现身，人们就知道她是他的寡母，他是她的孤儿。他们经过一道插满碎玻璃的围墙，围墙里，是江即将就读的高中。母亲说想进学校瞧瞧，顺道拜访江的老师。江说你别搞我了我怎么知道谁是我老师？

江全心全意要快步赶到宿舍，把行李和母亲一起扔进去。

自助餐店。撞球间。租书店。大卤面摊。一幢日式官舍。他们从遍植蒲葵的小巷间走出，拦腰撞见一条四线大马路。

"小心走。"江对母亲嚷。他们横过那四线大道，经过泡沫红茶店、豆浆店、轮胎行；江找到的宿舍，就隐在一段小小的巷内，等着他们。

不必去吵住在一楼的房东一家了，江说，他已经领得钥匙了。他打开临巷的大铁门，领着母亲爬上四楼，再开两道铁门，走进房子里。他们走过宽宽的走廊，走廊边贴墙放着一张旧木桌；他们转个弯，转进另一条较小较阴暗的走廊；走廊两面对开好几扇房门，江走去打开最远的那扇。

"到了。"江放下手中的棉被，宣布说。

母亲走过来。母亲走进一间堪容一桌、一椅、一床的小小斗室，让斗室显得空空的也满满的。她转了一圈，四处望望。好伞兵，江的母亲，朝江的方向笑笑。很大很宽嘛——在她心里也许是这样想的——因为既然我们已经走了这么多路，开了这么多扇门，见识了这么多的人了嘛。

在那间斗室里，江的母亲伸手掸掸床板上的薄灰，小心翼翼把背包卸下，倚在床板一角，又顺手将背包提提整整，让它看上去精神点。然而，那样满载的背包，看上去还是歪歪垮垮的，因为背包左缘有一条缝线车斜了，因为背包中央打印的图案印歪了，江得观看良久，才能认出那是哪个游乐场的商标。

江终于发觉那是那样无可救药的一个瑕疵品，所以才会传到母亲手上。

然而母亲丝毫不觉有异。她贴着斗室的墙走了一会，去拉开墙上唯一那扇气窗，就像她老早就熟悉那扇窗一样。

安全了。当时，在她的心中，也许是这样想的。

安全了，其他的，都可以慢慢等待了。

江的母亲，是山村塑料厂最后的一名女工：最后，在一座搬空了的塑料厂里，母亲与一架半旧的裁切机，被牢牢钉在原地。那是之前十多年，她们一直就在的地方。

塑料厂是渐次搬空的。那些日子，江犹记得，总有一辆卡车在厂区空地候着。高处抛下的雨，咚咚敲打卡车帆棚。雨沿车体往下滑，滑过滚烫的车底盘，落地，蒸起条条烟丝。烟丝如龙卷风，向湿冷的水泥地远旋。人们一双雨鞋，就能踩灭好几个。

卡车上的人，下来拆解、搬走工厂的机器。每搬离一架机器，厂房油渍地面就会圈留一块印记，像是什么能谕示未来的图形。

那是旧历新年将近的时候，江的母亲，每天可有可无地打起伞，伸出左手，拉拉左耳，低头走进那样的印记里。工人们乱着脚步，各自转着打算，各自静静跑开，不再回来。最后，当印记满盖时，偌大的厂房里，只剩下老板与江的母亲，应付未完的订单。

最后，老板也先跑走了。

于是，江手插裤袋，扭起一种满不在乎的冷嘲嘴脸，由母亲盯着，走向塑料厂。江当时就读国三，正放着寒假。江很乐意想象自己是要去参加一场网球赛、一场交际舞，或者任何一种两人能够一起完成的游戏。或者，江也想过，也许他该披上彩衣，用一根附音效的槌子敲自己头，然后照地滚两圈。也许这样，走在他身后那个打着黑伞的人，就会卸下脸上那种雾茫茫的表情。

塑料厂长龙一般卧在梯田上，人形屋顶分着雨丝。在厂房一角，江与母亲，合力滚动一盘形似巨型胶带的大混纺布卷，用铁柱将布卷轴心水平固稳，安在裁切机尾。裁切机开启时，传动滚轮会不断将混纺布绞进机内。电热钢刀上上下下，将布裁成一定的长度，吐在平台上。母亲与江，分立平台左右，同时抓牢裁好的混纺布，各自回身双手用力一扯，混纺布浮织的里外两层立即分离，成了可再加工的原布。

抓牢、回身一扯，抓牢、回身一扯，抓牢、回身一扯……这样不断重复四个多小时后，江发现自己涅槃了。他的视线直直穿过母亲，看见一道由光缀成的隧道，隧道底有一扇门；顶上那条长形的太阳，发出神秘的声音，叫江去开那扇门。江赶去了，但母亲出现在他身后，一掌拍在他头顶，唤他说，休息了。

"嗯?"江说。江抬头，看见厂房屋脊下，日光灯管一字排开，发出嘶嘶音频。壁角冒生的湿润杂草，在闷热无风的空气里，微微摇摆着。

"可恶，"江摆手说，"我差点就破解生命的奥秘了。"

母亲指着远远桌上一个电锅，对江说："去吃饭，下午再做。"

"随便，"江说，"做一辈子也没问题。"

母亲看看江，低头拉拉左耳，一声不响转身走了。

江坐到桌上，踢掉球鞋，从电锅里拿出一个铝皮便当，掀掉盒盖，捧着看。正当他还在思考一个人应该如何徒手吃一盒饭时，远远的雨里，母亲开一辆堆高机，轰隆隆杀进厂房里，冲到他面前。

江跳下地，说你干什么? 母亲下了车，把原布一叠叠堆满堆高机的齿槽，又爬上车，指着桌子抽屉对江说："筷子。"然后也不想办法回车，也不看后照镜，她就那样双手拔举方向盘，直接把脖子扭上后背，头手分离似的将堆高机倒着开，轰隆隆往厂区深处闯去。

江滑起球鞋，追到门口看母亲。

在同一场雨里，厂区办公楼前聚了一群人，那是盘下塑料厂，要改建成煞车皮工厂的新老板们；那里面，还有一些塑料厂的旧工人们，他们其实已经迟来了，他们于是心急地笑着，试探看能否得到一个新工作。江的母亲拐着头，倒着堆高机，歪歪斜斜蛇行过他们，往仓库驶去。那一刻，没有什么是留驻的，所有人都流利地彼此问了讯，道了好。

那样的母亲。那样以一种极端违逆人体工学的姿态，倒开堆高机，在一瞬间，跟一群人扫好招呼的母亲，江还以为自己将一直记得。

当救火铃又响起、收工伊时，江默默跟着母亲，走到杂货店买一罐糨糊。回到家里，他们用糨糊敷满双手，一同坐在门槛上，将手伸进风地里晾着；直到糨糊风干变硬，他们将硬皮层层揭下，这可以用来去除指掌间洗不净的染料。

冬天天早暗。天光散去时，雨中，远方山坳举起一盆火似的粉光，那是远方大城的灯火。近处梯田上，还有老人在荒草堆中磨磨蹭蹭。一只灰鹭飞起。在田野之上，母亲不知看见什么，问江："你知道糨糊是用什么做的吗？"

"耶稣的宝血。"江说。

"晚上要吃什么？"

"跟明天中午一样。"

"再做几天就习惯了，就不会那么累了。"

"我好期待啊。"

那是在月亮都出现在大城的灯火上时，江才发现自己居然就这样坐在自家大门口，晾着手，发着愣，所说的每言每语都是废话。他无来由生起气来，他说："我有一种快要死掉的感觉。"

"你讲话太夸张了，这习惯要改。"母亲撕下手上一层硬皮，拿着，看了良久良久，思绪不知又掉到哪里去了。她笑笑，突然抬头告诉江："有一天，停电了。"

"嗯?"江问，"什么时候?"

"不是这里，是在我家。我是说，是在后山你外公家。那时候我还没出嫁。"

母亲开始独自说下去。

那最后于是又成了一个漫无方向、无以收拾的故事。

他们以此，等待指尖冰凉。

那个时候啊——母亲说——那时候她还与她的父亲、母亲和弟弟，住在后山聚落那排楼屋最靠边的那一幢。她家大门口，正对一道很深的溪沟，摔下去是会没命的。游万忠的父亲，就是在喝醉酒时一脚踩空，滚到溪谷下，活活摔死了。

"游万忠又是谁?"江问。

游万忠是母亲的小学同学，是一个黑黑瘦瘦的小男生。你只要觉得无聊，就可以去逗游万忠玩;你可以跑到他身边，拍拍手、跳跳脚，对他喊："游万忠，大碗公，游万忠，大碗公。"游万忠会红了脸，原地弹起，追着你打。你可以任他追一会，然后回身，一拳将他击倒。游万忠不会哭，他只会站起来，拍拍衣服，恍恍惚惚看你一眼，好像弄不明白刚刚到底发生什么事。

你笑一笑，对他说："游万忠，你跟着我干什么?"

游万忠也会挺不好意思地回你一笑，自顾自走开。

或者，如果要让游万忠跑远一点，你可以十万火急冲到他面前，大喊："游万忠，快回去，你家屋顶又飞了。"

游万忠会站起来，把课桌抽屉里的东西全扫进书包，光头光脚一溜烟翻出学校围墙，跑回家。

游万忠家的屋顶，木板与柏油渣的人字形黏合物，在一个台风夜里，被刮飞了。游万忠当时在屋里，看着屋顶腾空，先原地绕了一个圆，然后呼一声消失了。"啊，屋顶……"游万忠手指上方，话还没说完，游万忠的父亲劈面一掌扇来，捂住游万忠的嘴，不让他叫嚷。

游万忠紧抓着父亲，游万忠的父亲怀里掘着一把南胡，父子俩窝壁角躲雨。

很久以后，邻居隔着窗缝，看到游万忠家怎么像掀开的魔术箱那样，噼里啪啦跳出桌椅床柜时，才冒着风雨前来，好说歹说，将游万忠和他父亲请出去，带回家避难。

天亮了，台风过去了。人们发现游万忠家的屋顶飞过溪，盖在对岸田地上。游万忠的父亲抱着南胡走去，一屁股坐在屋顶上，也不让人搬，也不听人劝，只是拉起南胡，开始唱大戏，一边唱，一边吸哩呼噜哭了一整天……

"然后他就摔死了？"江问。不，母亲说，那不是同一天的事。游万忠的父亲，不分时节，常常总是灌得酩酊大醉。有一天，他就那样终于掉到溪谷下，摔死了。两个警察，一个师公，还有一个游万忠，四个人下去溪谷看。那两个警察，一个是学长，一个是学弟。学弟要派到后山分驻所的那天，长官发给他警徽、配枪，和一个小指北针，"有没搞错——开枪还要先瞄指北针？"学弟不屑地想着，帅帅地收了东西，来到后山。

后来他就知道了，后山道不着路，外地人很容易走失，所以需要指北针。

在一个大雨夜，学弟跟学长在山上矿坑，逮到一个躲在坑里吸胶吸到神志不清的家伙；他们把那家伙拖到警车后座铐着。一辆车，学长学弟轮流开，两人试着在雨中绕来转去，怎样就是开不回分驻所。晃晃荡荡中，学弟不小心睡着了。当他醒过来，看见警车正慢慢开回原来那个矿坑口，慢慢停下来。车头灯照进雨中的矿坑口，像两只投海自尽的萤火虫。

"学长，你还是找不到路？"学弟问。

"我没在找，"学长说，"我睡着了。不是你在开车吗？"

学弟低头一看，赫然发现自己手上握着方向盘。

"报告长官，"后座那家伙说，"我也醒了。"

"唉，真是的。"学长探身到后座，打开手铐，对那家伙说，"下大雨，快回家吧，就当我们今天没遇到。"

那人打开车门，冲进雨里，一下跑不见了。

学长看着，击手说："糟糕，居然忘了跟他问路。"

两人无法，只好窝在警车里，听电波微弱飒飒呼呼完全听不懂在讲什么的无线电打发时间。听了一夜，直到天亮才被人救下山。

从那夜起，学弟就变得头发蓬乱、眼色红灼，总像是正受着焚风逆袭一般——就像学长一样。

那天，他们去找游万忠的父亲。站在溪谷上，学长学弟各自掏出指北针参详：一个的针头朝东，另一个的针头指西，两人闹不清楚怎么回事。那位师公没好气地说："相什么相？人就躺在下面了还会跑吗？"他们才一起下到溪谷底。

溪谷风大，又下着雨，但师公捡石块乱堆半面炉，伸出食指，只用指头一点就把炉里的纸钱点着了。师公姓许，大家叫他许老师，他从学会做师公那天开始就发起高烧，浑身像根烧红了的精炭，所以他三餐都只吃沙士泡盐巴。

有一天，他想煮碗赤肉粥吃，淘了米，切了肉，锅子都架在瓦斯炉上了，他伸出食指，朝瓦斯炉一点，瓦斯炉连瓦斯管连瓦斯桶全着了，他家整个被炸得翻过来……

"摔死了然后呢？"

"咋，怎么是摔死的？他当然是被炸死的嘛。"

"我是说游万忠他老爸。"

"喔，对。"

那天，许老师点火烧起纸钱后，对游万忠说："阿忠，你哭两声，喊几句，让你爸好走。"但游万忠不会哭。他只是蹲在石堆间，愣愣睁着双大眼，弄不明白该做什么。

"快哭啊，阿忠。"许老师说。

游万忠盯着许老师瞧，然后他明白过来了，他傻傻笑了，他也伸出食指，指着许老师说："有一天，你全身都是火，你会被火烧死。"

许老师愣了愣，站起，举起拳头，威吓说："等一下你会被我揍死，不孝的东西。"

两个警察还在龟声同气慢商量，想着该用什么东西把游万忠的父亲吊上去。游万忠踱过去，说："我来。"他把他父亲举起来，左叠右折，抱了，向山壁走去。游万忠的父亲软软绵绵覆在游万忠怀里；游万忠猫一般赤脚空抓岩壁，不立时登了上去。两个警察，一个许老师，三个人尽力跟着，缓缓跟上去。

许老师抬头看游万忠，"怪了。"他说。

"怎么啦？"一个警察问。

"你们看，阿忠是不是一直在变胖？"

"怎么啦？"另一个警察没听清楚，又问一遍。

"没事，没事。"许老师说。

当他们三人好不容易爬出溪沟，到处瞧瞧，也不见游万忠，也不见游万忠的父亲；四面八方下着雨，一个人也没有。

"该不会……"江说。

"对，游万忠就那样跑不见了，我们小学毕业典礼那天，他也没有回来领毕业证书。"母亲说。

江看看母亲。她正轻轻搓着手，把手上的糨糊碎屑搓掉。

"你居然还说我讲话夸张。"江说。

"你不要不相信，"母亲说，"事情真的就是这样子。"

"要命，"江摇摇头，说，"那停电又是怎么一回事？"

"什么东西？"

"停电。你不是要说停电的事？"

"喔，对。事情是这样的……"

事情是，后山聚落其实是常停电的，就像山村一样。

停电时，所有使用中的电器，朦朦胧胧进入休止状态：灯泡熄了，但灯泡里的钨丝犹散着温和的光，风扇也继续横摆了一下头，一切都依着惯性耗尽最后一点能量。接着，声响流泻进来，从海，从山，从树林，从田地，从近前的溪沟，直到屋外纷纷错错的人声。

一山的人都走出屋子，和已周旋了一个白天的老小再次脸对脸。

"停电了……"

"是啊，停电了……"

他们这样打着招呼，每个人的表情都很无奈。总会有人，一边默默清点人数，一边背向海，觑眼越过山村，探视离海更远的数十座山头外，大城向天空放射的橘红色的粉光。如果光不见了，他知道，这次是大区域的停电，他会宽慰地告诉大家："等一下就好了。"如果光仍在灼烧，他的表情就更无奈了，那表示一切都是后山聚落自己的问题。

也于是，后山聚落有可能被遗忘几天几夜。

但在那天夜里，情况全然不是这样的。那一夜，在一个像是早已约束好的时刻，所有使用中的，未使用的，能响的，原本不该响的电器，都一起自内里发出一声轰然巨吼。灯泡炸开，风扇冒烟，有电视的人家电视碎裂，有电铃的大门电铃大叫不停。一片漆黑迅速合拢，他们自屋内冲出，聚首，每个人听着整山骚乱的声浪，惶惑地看着彼此。

其实，倘若他们是独自一人遭逢那样的夜晚，他们恐怕都会一声不吭，冷漠地对着自己，连眉头都不皱一下。但当他们聚在一起，看着彼此，收受彼此的焦躁时，每个人的心里都慌了。

一种游戏一般的歇斯底里发散开来。他们探探远方山头，那盆火光还在。所以并不是什么别人的末日，一切都是自己的问题。他们清点了人数，确认在他们之中，还有一个人被困在自己屋里没有出来。于是，他们一同出发，去营救那个人……

"每个人都去了喔。"母亲说——游万忠，游万忠的父亲，两名各带着指北针的警察，还有精炭一样的许老师，还有许多在日后消失隐匿无踪的人，在那一夜，他们全都夹在人群中出发，一起去营救一个人。

从溪沟顶的道路上行，行进半公里，他们走到一幢楼房外。楼房高三层，面向四野的每扇窗外，都焊上了坚固的铁栅栏。在那个漆黑的夜晚，从来没有人按过的大门电铃，孤自怒吼不停。

楼房里，独居着一位人称"人瑞"的老者。

没有人记得人瑞老者未老之前是什么样子，大家只是看着他，屡屡像让自己秘密在屋子里重新出生那样，推开大门，跟跄着脚步，在山路上重新学习步行，一段时间显得相当积极奋发，一段时间后，又萎靡消衰了下去，如此反复不止。看着老者茫浊的眼珠——即使他正盯着自己瞧——没有人能确定他究竟看到了什么，与他对望，人们只会觉得自己背后有什么灵兽在蠢蠢爬动。

停电之夜，他们出发去营救这样一位人瑞老者。想象老者在黑暗中张挺的目光，每个人都觉得自己正背着一头湿淋淋的猴子，猴子会用湿淋淋的粉红色手掌，遮盖他们的眼睛，搔抓他们的耳朵，或许还会像吸食树上的龙眼那样，吸食掉他们的心，只留下薄脆的空壳，挂在半空中。

他们逼近人瑞老者用无数个生命历程，为自己构筑的坚实堡垒，想着老者在过往年岁中可能离失的亲朋友伴，有些他们是深识的，但无论深识与否，那些人早都死了。

电铃还在高吼。他们鼓起勇气，绕楼房梭巡数遭，但每一扇窗后，都张望不见老者的身影。他们猜想：老者大约是一动不动躲在楼房内，一处四壁不着窗的房间里了。有人发誓，在他犹能在别人家中任意跑动的少年时代里，他确曾进过老者的楼房一次，里面的确有间地窖般无窗的房间。那房间令他印象深刻，数十年不忘的原因是：房里居然什么也没有，光洁得像是太空舱，仿佛随时就要自地表浮起似的。如今，老者一定是坐在舱房地上，沉默地瞪视四壁了。

他们就地拾取硬物，敲击窗上的铁栏杆，想要吸引老者注意。

敲击的声音陆续响起，渐渐盖过电铃。他们有时大声叫唤着——依着模糊的族辈关系——对老者该有的敬称，有时一同停下动作，谛听屋里。终于，屋里有些幽微的声息了，他们听见老者立身在屋里某处，用清朗的声音问："是谁啊？"

"停电了，快出来啦……"他们集中到一扇窗前，呼唤老者，敲击栏杆，急切地想向老者解释现在的状况。但听见那样纷错的人声，老者反而着慌了。老者总听不明白他们在说什么，隔着墙壁与栏杆，在几乎再走近几步就能对面相视的距离中，他不再靠近。他用惊吓的声音与他们对峙，彼此互相咆哮。

"是谁啊？"

"快出来啦……"

"是谁啊？"

"出来啦……"

"是谁啊？"

"过来这边啦……"

"到底是谁啊……"

突然，毫无预警地，电铃停了。后山聚落里的一切声音都被地面抽走，每个人都觉得眼前一晃、身体一沉，霎时间，一切就无声无息，一片寂静了。

由于沉默来得如此出人意表，母亲的弟弟脚一滑，木棒脱手飞出，没有击中铁栏杆，反而砸破了窗玻璃，而且木棒还刷的一声，射进了屋子里。

"啊，糟糕。"母亲的弟弟看看自己右手手掌，左手搔着后脑勺，对着大家傻笑。

万籁俱寂。大家都停下动作，屏息看他，仿佛他敲破的是死人的棺材盖。

不知过了多久，从那深深的楼房里，传出人瑞老者的呻吟："好好好，秀琴你要这样闹是不是？你不放过我是不是？好好好，没关系。"

他们听见老者迈开大步，搬动什么东西，向他们走近。下一秒钟，他们面前的那扇窗，窗玻璃彻底向外碎裂。他们眼前，现出红面狒狒般的老者。老者手执一根全新的汽车排气管，喘息着，自屋里怒视着他们。

"没关系，看我的。"老者喃喃自语，向另一扇窗走去，又举起排气管，用力砸碎窗玻璃。

"没关系，看我的。"

"乓——"

"没关系，看我……"

"乓——"

"没关系……"

"乓——"

老者就这样在屋里一路走着，还上至二楼、三楼，沿途砸碎每一块窗玻璃。

他们逃了。他们一同奔出五百公尺外，退回出发地，遥望人瑞老者家，听着那怒吼愈行悠远，不明白他们庄严的营救行动，怎么会莫名其妙变成这样子。

老者的声音总算听不见了。他们偶一抬头，会看见枝丫间的月亮，那是一团大圆月，它被纷杂的枝丫分解、切散，在他们眼中铸成没有形状的光——或者，那夜的月亮根本是直角三角形的，谁在乎呢？

"喂，"很久以后，有人问，"秀琴是谁？"

"我怎么知道？"有人回答。回答的人，一挥手将什么东西投入黑暗的溪沟底，在裤管上抹净双手。所有人都学他这样做，纷纷丢弃了手上的石块棍棒，像是卸下了一夜的不安。那时，疲惫的感觉立即掩了上来。

　　他们再一次回望人瑞老者家，他们不知道，第二天，老者将要如何面对一幢洞亮的楼房——积极奋发，或者萎靡消衰？他们也不知道自己第二天将会如何，但他们决定各自回家了。

　　于是他们各自走了。母亲站在一边，看着她的同伴们渐渐走远。母亲的父亲扶扶头上的渔夫帽，先自回家。他是这样一个爱美的男人，于是他在一片混乱中冲出家门时，犹记得摘下挂在墙上的帽子，遮掩自己日渐秃光的脑勺。母亲的弟弟——一个当江听见这个故事时母亲说与江年纪相当的年轻人——独自蹲在溪沟前，举起僵硬的手看着。他的手心犹涔涔出着汗。

　　母亲走向他，"不要难过。"这样寒简地对他说。

　　母亲的弟弟早就习惯了，他习惯母亲那种自小乐朗的讲话方式，那使得安慰的词汇像是朝你扔来的石块。他低头，透过指缝看一地不成形的月光。在他身后有微微鼓起的风，一山，一海，所有活着的植物都一起向世界投注碎碎琐琐的露珠。那于是成了这个世界上，一天当中，最冷的一刻。

　　"难过什么？我是故意的。"他说。他试着纵声大笑，但笑得极不成功，通过他喉管的声音，听起来，像是长毛象在被冰河压扁之前所发出的干嚎。

　　"唉。"母亲叹了口气。那时——母亲说——到了那时她才想起一件很严重的事。母亲想起：人瑞老者并不是当时唯一一位困在自己屋里没出来的人；困在自己屋里的，还有一个，是她自己的母亲。

　　母亲赶紧跑回家。在家门口，她看见她父亲摘下头上的渔夫帽，小心翼翼把帽子挂回墙壁挂钩上。两手摆摆，调妥角度。接着，他伸伸脖子，整整耳后一点乱发，极其潇洒地踱过母亲的母亲身旁，踱进内室里。

　　母亲走到一百八十公斤重的她的大母亲身旁，蹲下，轻轻问她："你在做什么啊？"

　　大母亲说她睡着了，做了一个梦。醒来的时候天荒地老，门窗透凉，所有人都消失了，不见了。

　　"发生了很多事啊。"母亲说。

　　一定是这样的，大母亲说，总是这样的。

　　"你害怕吗？"母亲问。

　　害怕？不，大母亲说，一点也不，正好相反。

　　"那么，"母亲说，"你梦见什么了呢？"

　　大母亲说她梦见自己出去玩，走到一处极高的山头上，累了，再也走不动了。慢慢地，被倒立的海给溺死了。

　　"你梦见自己出去玩了啊，"母亲说，"那真好。"

　　然后，大母亲说，然后她就尿床了。

　　母亲伸手探探大母亲的肚腹，为她把裙摆拉下膝头。

　　"没关系，"母亲说，"看我的。没关系，看我的。"

母亲以一种低低的男音玩味着这句话，自己先笑了。

骚动难安的一夜，所有人于是这样无事可为荡了过去。

"讲完了？"江问。

"完了。"母亲说。

"有一个小问题。"

"嗯？"

"你说的那个你弟弟，就是我那个舅舅，对吧？"

"对，因为我是你妈妈。"

"问题是——如果你说的那场停电发生时，我舅舅年纪和我相当，那么当时，游万忠和他父亲怎么可能在场呢？你同学游万忠，不是小学没毕业就失踪了吗？"

母亲愣了愣，笑一笑，"对喔。"她说。

"对嘛。"

母亲耸耸肩："就让他们在场，有什么不好？"

江想了想，无言以对。

夜掩上了。对着电视，他们吃饭。对着电视，江的母亲坐在椅子上，掉进轻浅的睡眠里。江犹自呆想着那道深溪沟、那个关在一幢楼房里的独居老人，与黑夜里，那些黯着脸的他熟悉的人影。他不明白，母亲的记忆何以像是一座迷宫一般——任何熟悉的事景与任何人，都可能出现在任何地方。

又下雨了。雨绵绵密密地下了一整晚，直到隔天傍晚，天才放晴。

天一放晴，江就亲眼见到了游万忠。

雨停的时候，江与母亲刚下工。江走在小径上，看见雨后的山村沉进一个清亮的黄昏里。那些如日影一般的老人们，从各自的隐匿处一一游出，他们聚到树荫下，有的坐着轮椅，有的手上拿着假牙，有的卸下挂在膝头的义肢，在渐次暗沉的金黄光影里，温吞吞地说着话。

一辈子的不如意，让他们在晚年，自觉懂得所有人了——他们对彼此抱怨自己的生活，也互相指导着彼此该怎么活。

"死不了啊……"

"对啊，好难受，但是死不了啊……"

他们聊着私密的病痛，敲打着各自身体说。

然后游万忠就突然闯来了。

活生生的游万忠。活生生的、看上去胖大聒噪的、据说在小学毕业前抱着父亲跑不见了的游万忠，开着一辆大货车，货车后斗盛一间平顶房子，向着树荫驶来。车未到，游万忠就一路乒乒乓乓敲响喇叭。几个人缓慢地起身，让开位置给他。游万忠叫着、谢着，在树下停好车，打开车门跳下车。嚷着，喊着，在一片热闹中猫一般快手放倒车后斗房子的三面墙，从房子里拖出一床又一床折叠好装在提袋里的棉被，展示着。

游万忠跑来卖棉被。游万忠说他在一个短短的旧历年冬，已开着货车，沿海岸线闯荡海岛一圈；偏偏就在快回后山聚落时，在山村外，被一片雨云挡了整整三天，进不得村——"你不会想在雨中买棉被，对吧？"——进不得村，就回不去后山过年。看着路上家家户户都在大扫除了，丁口多的连春联都贴上了，他一个人挂在货车上，吹海风，啃冷馒头，心里真不是滋味。

但游万忠说他不甘心。他盯着那片雨云，他说我跟你耗上了，我拚着回不了家过年我也要把这些压箱宝带给我们自己人；我引擎就热着，我就看你什么时候露个破绽，让我闯进去。

"整整三天啊。"游万忠说，终于让他等到了。在车上，他看见雨云稍稍却脚，向后卷收，马路上现出点点太阳，最后落尽的雨丝，都成了路面上发亮的光。"还等什么？"游万忠猛踩油门，放胆大吼，杀进光里。太阳一直被他赶着跑，愈跑愈急，马路上一片泛光，雨云被他分成两半，各自隐退，再不敢挡他。

"看，"游万忠指指货车车顶，得意地说，"不出一滴水。"

"那个……"一个老人晃过来，戚戚问游万忠说你闯全岛时有没有经过一个什么休息站，名字我忘了。十年前我经过一次，站里有卖一种草莓汽水，我喝过一次，那味道真好。那是一种什么机器卖的，我搞不清楚，我喂了零钱，我等着，机器不理我。一位好美丽的漂亮小姐走来，帮我按了个钮。咚，一个纸杯掉下来。喔，冰块下空心蛋一样下进纸杯里。企，汽水也下来了。我想跟那好美丽的漂亮的迷人的小姐道谢。小姐人不见了。

我拿起杯子，喝了一口，好喝，是草莓。

我看看杯里，没有草莓。

我再喝一口，是草莓。

我看看杯里，没有草莓。

我再喝一口，是草莓。

我看看杯……

"唉呀，阿伯，"游万忠说，"阿伯我跟你说呀，我是艰苦攒食人，是闽省道县道，一村一镇地过的，哪里栖过什么休息站？我还常常想，我卖的棉被床床都是好的，我自己却常常窝在车上吹风……"

"是草莓，我看看杯里，没了。被我一个人喝光了。"老人说完，走了。

游万忠干张着嘴。

"喂，阿伯，"游万忠喊，"我卖的棉被床床都是好的，同乡自己人，绝对不骗你，过来看看啦。"

老人迷步不停，走远了。

"啊，对。"游万忠说。人群聚过来。聚过来的人群让游万忠回过神来；他抖擞起口舌，他说这样一床好棉被打死就卖两千五，同乡价。人们说要我看这一床只值一千五，同乡价。游万忠说怎么会这样，你看看这褥套，你看看这被里，你看看这织工，你不信你去闽全岛看看能不能找到这么好样的，你找得到，取来砸在我脸上，我不只感谢你，我这床棉被还免费送你。人们说，就一千五，多了我也不要了。游万忠笑笑，说一床好棉被卖一千五，我老婆小孩只好额角贴邮票，寄去给和尚养了。

大家也都笑了。游万忠沉默。

天快黑了，他们还在往价还价。有人毛躁了，伙着众人对游万忠说好啦，快过年了我们都想换床新棉被，绝不亏你的，一个价，随便卖卖，你可以早点回家抱老婆，多好。人们听了，不置可否，别过头去，胡乱找人搭两句话。游万忠一眼觑透，脸上还笑笑的。他说不是这样讲，我就是拚着不回家过年我也要维护住这么个简单清楚的道理，你们再看看，看详细点，这真是一床多么好的棉被啊。

"那这样，阿忠，"江的母亲从人群中走出，提了一床棉被，说，"一床两千块，我就买。"

有人暗暗同意；有人暗暗不同意；有人暗暗不知道该同意还是不同意；人们的表情一下全乱了。游万忠张大眼仔细观察；一片刻，他咬咬牙，带笑说："好吧，一句话，一床两千块，就是这个价钱。"

江的母亲会了钞。钞票色泽一下闪过大家眼前，同意的、不同意的，所有人的表情顿萎，仿佛事已无可为，不好再说什么了。于是，人们各自提了棉被，付了钱，各自萎萎走了。

游万忠发散好了，慢慢把货车后斗的墙重新组回去，坐回驾驶座，张嘴看着挡风玻璃外淡淡的山村夜色，神情呆呆的；也许真像他童年时代被人揍倒了又自己爬起那样的恍然。他松了一口气，脸色一下黑了下去，额角上爬出几条皱纹，脑脖子后渐渐沥出风干的盐粒。

"回家啦？"母亲问他。

"嗯，回家了。"他说。

游万忠发动引擎，将大货车驶离树下。江坐在门槛上，看见母亲一挥手，别过身，提着一床棉被走回来。

　　江问母亲："他就是游万忠？"

　　"喔，对。"母亲说。

　　"对什么对？那他爸爸到底怎么回事？"

　　"嘘……"母亲说，"不要讲出去，这是秘密——他把他爸爸折成一床棉被，载去鹅銮鼻卖掉了。"

　　江看着母亲，摇摇头。

　　江还有很多问题想问，但时间流泻得如此之快，记忆中，只一眨眼，夜色就将门外的景物收拢成一片汪洋。在汪洋中，有人站的地方退成一座座岛屿，一个人站在一座孤岛上，从各自的提袋里拉出新棉被一角，絮絮比较着。一个人隔海对另一个喊说你的棉被比较好，我花了一样的钱，买到的就没那样好。另一个喊说唉我的也没那么好，再好也比不上被那人载走的那么好；我本来想买那一床的，还没看仔细，就被他收走了。又一个说有什么办法呢？价钱一口被她咬死了，我想回嘴救活都来不及。

　　"又开始啰，"江指着那片汪洋，很正经对母亲说，"过年你又老了一岁了喔，最好不要总是这么乱来，外面每个人都恨你。"

　　母亲转过头，看着江，对江说："有够夸张，你讲话真有趣。"

　　母亲放下棉被，环胸抱手，缩着脖子，低低笑着，看着外面那片低伏余响的汪洋，仿佛那真的就只是一片游乐场罢了。

　　"死不了啊……"

　　"对啊，死不了啊……"

　　他们还嚷着。

　　他们慢慢拖着棉被，回去他们各自的隐匿所，准备度过又一个新年。

　　而母亲还笑着。

　　每天下工后，母亲手的颜色都不同。

　　那一夜，母亲的手是蓝色的。

　　那样的母亲，江也真的以为自己，终将永远不忘。

第二章 不在场

衣橱里的那口塑胶袋满了。

江站在门后，看着它，像看着一只饱撑的大青蛙。江突然发觉自己穷窘极了。江希望自己是高手，是大闸蟹，是熊。江希望这口塑胶袋，原先就放在长廊上的旧木桌底，是由他们四个人一起公然喂养大的。

如此，在今天，大闸蟹就会两手提着塑胶袋跑来，他会将门撞飞，冲进江的斗室里。他会嚷着——装满了，再也装不下了，就是今天，行动吧。

"是吗？时间到了吗？"门后的江，会给撞得粘在墙壁上，莫可奈何地回答。

"什么时间到了？"那时，母亲会走过来，问江。她会仍提着提袋，看起来仍然就只像个结束一天疲累工作的女工那样，向江走来。她小心将提袋倚在斗室的床板上，拉拉左耳，对江微笑。

江薄饼一般匿进墙里，翻到宽宽的走廊上，指给母亲看。在那张旧木桌前，四个朋友正聚在一起共谋大计。江把他们的计划，解释给母亲听。

"原来如此啊。"母亲呵呵笑说。

他们一起走下楼，摇摇摆摆往便利商店走去。

水样长街向前铺展，四周的景物都不在了。

他们走着，只看见便利商店发着光。

母亲从身后拿出铁锹，自顾自在街边挖起一个洞。

"你这是干什么？"江问。

母亲说看看我头上的斗笠，我现在是一个园丁喔。

那天中午啊。那天中午你记得吗？当工厂午休时，塑料厂老板跑来找我，说不行了我也得先走了，有好多事情要办；你看看怎样，订单能一个人处理完就处理完，如果真没办法，打个电话给我，我回来收拾。

"没关系，看我的。"我说。老板三步并两步跑回办公楼前，把几口封好的纸箱搬进房车行李箱；把老婆儿子请上车，自己钻进驾驶座里。他们一家要离开山村了，我走去送他们。我瞥眼看见老板屁股后头西装裤上怎么粘了一段胶带，像拖着一条尾巴似的。我想告诉老板，但老板已关上车门，呼一声把车开出去。

我慢慢走回厂里吃便当。厂里机器都搬空了，只剩下一架裁切机。我一边吃饭，一边想着自己一个人有没有办法操作这架机器。

没办法，我想，那太花时间了；已经没有时间了。我看看远处角落几卷大混纺布，我想着一条混纺布何以会里外两层浮织在一起。当然，理由很简单，那是效益的问题——如果混纺织机能同时织两层布，当然结果就是现在这样子。然而，这么一来，裁切机边就需要多站一名工人了。这里面大概有什么道理：一种舍一边就一边的道理。因为效益的关系。那么，我想，如果继续照这样发展下去呢？结果这架破破烂烂的裁切机一定会被淘汰吧，那么两名工人就都没工作了吧。

不对，结果这架裁切机还好好的，工人们却全都失业了。

我放下便当，走出厂区。我想着老板真是一个有趣的人。十多年来，我觉得最好笑的就是每月一号的庆生会——每个当月生日的工人，下工前都得去办公楼领一盒蛋糕，好像应该说"真不好意思对啦我过几天就要出生了"，对吧？我觉得最害怕的，是每年年底的健康检查。看着电光车开进厂区，医生护士带磅秤提急救箱那样严肃地走来，本来没病的都觉得自己似乎应该生点病才对。

那时真有趣，因为很多事情都被老板规定得很麻烦，大家都说浪费时间。

但老板失败了，他拖着一条尾巴，离开了山村。

然后我在杂货店前打了公用电话，要你来帮忙，对吧？然后我们花了你一个寒假将塑料厂的订单善后好了。所以我失业了。所以我到乡公所应征临时工。所以我现在成了一个园丁。

看哪，好长的一条县道，我们要在两旁植上花木——一株杜鹃树，一株矮扁柏，一株杜鹃树，一株矮扁柏……不能弄错，一定要这样互相间隔，据说这样可以防虫害。

"跟潜水艇水箱的设计原理一样对吧？"江说。

不不不，母亲说，我们离海已经很远了。我们从临海小街出发，此刻正要回到山村去。有一天我将会经过厂区门口，经过你等公车的那支公车站牌喔。

江甩甩头，说我现在要去便利商店……

原来路上有着各式各样的工作呢——母亲独自说下去——

有这样一个人，大家叫他"雨刷"，他的工作是背着背包，沿马路从海岸东走到海岸西。走到了，再从马路另一边走回来。这样走个不停，就像车子的雨刷一样。他去帮路上每支电线杆换碍子。你知道，那种黄色的，像咖喱粉罐一样的东西。旧的受海风吹，结满盐霜，开始漏电了，他换下来，装上一个新的。他从东边换到西边，从西边换回东边——可怜的雨刷，雨怎么好像永远不会停似的。

　　有一天，雨刷寂寞了，在路上打公用电话回家。雨刷的小孩接了。

　　雨刷问小孩："你在干什么啊？"

　　"我在看电视。"小孩嘴里嚼着什么东西，回答说。

　　"嗯。"

　　"怎样？"

　　"嗯，家里有电吧？"雨刷又问。

　　"我在看电视。"

　　"嗯。"

　　"所以废话当然有电嘛。"小孩这样跟雨刷吼……

　　"等一下。"江对母亲说你等我一下，我现在真的要去便利商店了。

　　快去快去，母亲挥挥手说我早知道了，快去，然后想办法拖延久一点。

　　母亲又从身后掏出一尾鱼。

　　"你又搞什么？"江问。

滨海小街还是那样热闹哩，母亲说，小船回港时，哄一声小街全活过来了，撒豆子一般到处都有人在叫卖。我想起今天你生日，所以我买了一尾鱼——你最爱吃的、活跳跳的白鲳鱼喔。本来是活的我意思是。

"我现在在想，"母亲看看鱼，看看一望无际的马路说，"哪里有冰箱？"

母亲看着江，静静地、笑眯眯地。

"该不会……"江后退半步，"嘿嘿你不要乱来喔，我知道便利商店没这种服务。"

"早知道你会这样说，"母亲说，"所以半路上我把它丢进洞里埋了。"

江立定，看看母亲，看看母亲手上的鱼，看看街边那个母亲挖的洞。

"你把它丢进洞里埋了？"

"没有办法只能这样了对吧？"

江摇摇头，说我一定得去便利商店了，你会在这里等我对吧？

"快去快去。"母亲说。

母亲蹲下，咚一声把鱼投进洞里，回身一闪，像有水花溅出来似的。

江低头快跑，跑进便利商店里。

四个朋友，各提一个篮子，在店里迂迂回回的货架边埋着头走，把零食泡面扫进篮子里。他们在离柜台最远的角落集合，一动不动看着彼此，足有半个白垩纪那么久。

"没有任何人类的踪迹，就是现在吧。"

"好，走。"

空中浮悬菊纹石，壁脚贴生三角蛤，海胆海螺海百合海象大好地唱着歌，他们自一片即将石化粉化烟化的古莽林中奔出，追逐着地球上化出的第一只蝴蝶，追到柜台前。他们把篮子纷纷丢到柜台上。

柜台边的大姊，高高的、瘦瘦的，头发长长的大姊，快动作一般用一根尾带红光的小尘，一一挥扫篮子里的东西，一长条数字闪过一个水银镜面；扫完了，大姊用手背拨拨头发，看着他们。

哐，他们把一整塑胶袋的零钱掷到柜台上。

大姊再看看他们。

大姊低身，从柜台底抱出一个白铁铸的圆缸，圆缸上附着一个白铁铸的圆钵，他们看不懂那圆圆的缸和钵是什么东西。大姊起手一提塑胶袋，把零钱倒进钵里。

钱被吃走了。钱像陷进流沙里一样快速流过钵、掉进缸里，一个不断增大的数字出现在缸的肚脐眼。一天、两天、一个月、两个月……聚集这些零钱的时间快速在他们眼前流失。

他们张大嘴巴看着，有生以来，从来没有这么害怕过。

时间停了，大姊数完钱，丢还他们一小袋铜板。

结果大姊一句话也没讲。

　　四个朋友，每人一手扶下巴，一手提零食泡面跌出便利商店，潦潦倒倒走回宿舍。

　　江张眼四望，想找母亲，想对她说你看见没刚刚那个机器真的好厉害。

　　但江找不到母亲。

　　大王椰子树影婆娑。在曾经是湖海，现在看起来就像湖海的大城里，四个朋友继续走着。他们换上短衣短裤，抱着一颗篮球、好几袋零食，穿过矮房遮道的畸零小巷，撞见一面大墙，那是河堤。他们从草绿色的云梯穿过草绿色的高架桥下，走进赭色皮带般的河滨公园里。

　　公园里的篮球场，地面覆着一层薄泥。风吹过时带走一点、掉下更多。篮筐上的篮网又被人剪走了。整座城就像沿河住满了从没拿过冠军的篮球员，白天刚挂上新篮网，晚上就有一整队人各举大剪哀哀跑来。

　　四个朋友打篮球，一对一斗牛。

　　江坐在球场边，举头看粉光似的天际线。

　　江问身边的大闸蟹："嘿，我们其实很烂对吧？"

　　大闸蟹满嘴洋芋片，空空看着在球场上缠斗的另两人，回答说："这个不用你讲我也知道。"

　　"我不是说打篮球喔。"

　　"都烂，你不用一一举例，那太花时间了。"

　　江转头仔细看着大闸蟹。

"马上示范给你看。"大闸蟹站起来，拍拍屁股，对高手喊，"高手，有问题——一组三个数，一、三、五，下组三、五、七这样等差推上去，所有各组数加起来，总和最接近一百；可以超过；最接近一百时，各组中最大的那个单独的数是多少？"

篮筐下，高手手叉着腰，喘着气，对大闸蟹说："你在侮辱我吗？"

"干么呀？"

"这么简单叫我算。"

大闸蟹一屁股坐地，对江弹指说："你看。"

江无言。

"呦呼，六连胜。"熊说。

高手滚下球场，对大闸蟹说："该你了，我拿那头熊没办法。"

"他来真的？"

"十三。"

"什么十三？"

"你要的答案。"

"喔，"大闸蟹说，"靠，这么不吉利。"

熊站在罚球线边拍着球："来吧来吧，谁也挡不住我。"

大闸蟹苦笑："我怎么有一种进到屠宰场的感觉。"

"忍着点，"高手说，"一下就过去了。"

大闸蟹系紧鞋带，调稳眼镜，"好，怎样也要撑久一点。"他说。

大闸蟹扳扳手指，拉拉裤头，小跑步上场了。

河面上有什么东西在打旋，江抬头一望，看见母亲对河坐在一张椅子上，河面空浮着一架电视机。

江赶去。

"不是叫你别乱跑吗？"江对母亲嚷。

我知道我知道，母亲张手说，零钱收好，下车再投对吧？

江看看母亲的手掌，什么东西也没有。

"停电了喔。"母亲指着河面上幽暗的电视机，对江说。

"电视机里？"江问。

电视机里，母亲说，电视机外，到处都停电了，或者只是电视机坏了？搞不清楚。你知道通常人们遇到这种情形时会怎么做吗？人们会看看自己屋里的灯，然后把头伸出窗外，对着，比方说，对着楼下的人大喊——嘿，现在是停电了对吧？这样问题就简单多了。

"我也想这样做喔，结果，"母亲四面八方望望，"我找不到灯，也找不到窗户，也找不到人。只有我和那台没有画面的电视面对面坐着。所以问题就变得很复杂了对吧：到底是哪里出错了呢？"

然后我就看到他了，母亲手指河面，对江说。

河面上现出一段产业道路。山村里一个老人，鬼伯，拖着绵长的山村雨，走进道路里，走到路边一个水沟洞旁，解下裤子蹲下。屁股撅得高高的，对着水沟洞拉了好长一条屎。

"搞什么？"江问。

唉，母亲呵呵笑说，鬼伯是唯一一个还在使用山村公厕的人嘛，所以公厕的粪坑我想是已经满了。已经很满了吧。

很准时喔，母亲说，每天早上我都看见鬼伯走出门，横过大树下，走上那段废弃的产业道路，去拉那条屎。然后整天就好啦没事了，他会踱回树下，冒着雨，在一颗大石头上呆坐一整天。

有一天，大家实在受不了鬼伯了，因为就算他不在场，树下还是有一股尸臭味。傍晚，在树下，大家揪住他，说鬼伯你身上我看看。鬼伯很害怕，虚虚抵抗着，但大家还是掩着鼻子架住他，掀开他的衣服看。

大家看见鬼伯身上，从肚皮到后背烂了一圈肉，而且黑色的烂肉里还吃进了一枚一枚铜板。

大家问了半天，才知道那是鬼伯的母亲临终前给鬼伯戴的手尾钱。

本来手尾钱嘛，后辈两三枚铜板系在手腕上受庇荫一下也就罢了。鬼伯的母亲不知怎么想的，用细尼龙绳串了一大串钱，叫鬼伯戴在腰上藏好。鬼伯的母亲都出完殡了，也没有人知道要叫鬼伯取下来。

"鬼伯的母亲，都死了十多年了喔。"母亲说。

江看看远处，鬼伯、产业道路都消失了。大城的灯光压着几乎流不动的河水。身后有同伴的呼声。篮球咚咚咚拍着地面。车声。无数车辆从高架桥上一闪而过。这样如常的一个秋夜。

"你又在编故事了对吧？"江说，"这种事情怎么可能发生？"

咋，母亲挥挥手说，已经不可能编故事了，任何故事都没用了。

每天喔，母亲说，每天我们提前去马路上，去前一天傍晚离开时的地点报到，无论那是在哪里。主管开着小货车运来花木。我们领了花木，一株杜鹃树、一株矮扁柏、一株杜鹃树这样数着种着。我们提前到，然后尽力慢慢拖延着，这样如果多拖过一天，就又多有一天的薪水。

有这样一个二十多岁的年轻人，浑身瘦弱萧索，只胖了一双大耳朵。他扇扇耳朵，对我们笑笑，开始歪歪斜斜地种起花木——一株杜鹃树、一株杜鹃树，再过去还是一株杜鹃树。

他趴在地上歪歪斜斜种了一长排杜鹃树。

我们看着，假装没看见，低头慢慢做自己的事。

主管开着高尔夫球车慢慢来巡路。远远的地方，他看见了，跳下车，冲到年轻人面前，扯住他的耳朵，对他吼："讲几遍你才懂？杜鹃树、矮扁柏、杜鹃树、矮扁柏，去重来。"

主管推着他，往马路倒退回去。

大家放下手上的工具，慢慢跟过去劝解。

主管见一个骂一个。

"哎呀没办法，因为他的手会痛嘛……"大家帮护着。

"没办法，因为她老了嘛……"

"因为他本来就是个笨蛋嘛……"

已经很尽力为所有人编造各式各样的理由了喔，但是有一天傍晚，我们还是抵达了道路的终点。

　　道路终点是一长排围起的栅栏，栅栏后面是一整片封起的山，漫山遍野蜷曲狂长野藤野树。我们直起腰来，俯瞰视线底下蜿蜒的马路，两旁一株杜鹃树、一株矮扁柏、一株杜鹃树，规规律律的、小小弱弱的，像是什么有趣的玩笑似的。

　　然后我们沿着马路走下山。已经无话可说了。我们一株矮扁柏、一株杜鹃树、一株矮扁柏这样倒着数着走下山。

　　然后我就又失业了。"你看。"母亲指指河面上的电视说，电视都被我看坏了，电都被我用光了。那个傍晚，我在屋里，看着他们架起鬼伯出山村去求医。那时，雨咻咻下着。他们对鬼伯开玩笑说看样子只好把你的上半截和下半截切开，取出那圈烂套上脊骨的尼龙绳，再把你拼回来。

　　鬼伯吓得要死。他全身缩在一件薄雨衣里，猕猴一般蹲坐大石头上，动都不敢动。

　　"然后我想——"母亲从椅子上站起来，伸伸懒腰，抓抓过长过乱的卷发，说我想我还是应该找个正常的工作喔。我可不想自己冲山撞谷找吃的一点不央烦别人，到老时却被人唤作"鬼婆"喔。我可不想被他们乱掀衣服受他们开的那种无聊玩笑。他们都搞不清楚，好笑的事已经被我一棵一棵种在路上了呢。

　　江张嘴无言，看着那样的母亲。

　　球场上传来一声欢呼。母亲回身一看，拍手叫好："啊哈，他打赢了。"

江回头，看见大闸蟹四肢大趴，捶着地面，吼着："我真不敢相信，我真不敢相信，我打败熊了。"

熊低头走到高手身边坐下。

一颗篮球在地上轻弹着。

"轮到我上场了，"江对母亲说，"你知道，我也有自己的事情要忙。"

"去吧去吧，我都不麻烦你就是了。"母亲说。她突然一抬腿，把椅子踢向电视机，一撞，两样东西都掉进河水里。

"你怎么搞的……"

长风一般，长风一般眼前所见的景物都拉长了。江定神一看，看见薄薄的黄泥地上，熊举起篮球，站在罚球线上，不断对着篮筐投球。更远的地方，他们——当时的江、高手和大闸蟹——向着远远的云梯走离，不时回头，对熊喊话。

"熊，不要练了啦……"

"熊，很晚了，回去了啦……"

"熊，你已经是 Bear Jordan 了啦……"

但熊不理他们。"你们好烦哪，"熊说，"我不连进三十球是不会离开这个球场的我告诉你们。"

他们登上云梯。

他们匿在云梯上，看着球场上的熊。

"熊，你是在罚球还是罚自己啊？"大闸蟹手圈嘴巴，对着风地里喊。

"这次又是谁惹到他了？"大闸蟹回头，问大家。

"我想是你吧，"高手对大闸蟹说，"因为你用神的方法打败他了。"

"我？"大闸蟹说，"有没搞错？我整个晚上总共也才赢一场球哪。"

"所以他才火大啊。"高手说。

"啊？"大闸蟹推推眼镜，"你这样讲我就……"

熊站在罚球线上，把球掷向篮筐。球有时进，有时不进。当球击中筐时，整支篮球架会撤撤晃动，发出空空的声响。

"他在生什么气？"河边，母亲指着熊，问江。

"没有啦，"江看着熊，说，"他的初恋，刚刚被一台机器给没收了。"

"这样啊……"母亲说。

江回头，发现母亲又不见了。

江再回头，发现熊也不见了。所有人都不见了。

风渐渐大了，河水涨了起来，在幽暗的光线下，像倒退着流一般。

江独自坐在河边，看着河滨公园的灯火一起熄灭。

夜暗了。江起身，走回便利商店外。隔着落地玻璃窗，江看见在明亮无影的一室光线里，大姊站在柜台后，微微低着头。大姊也许将要交班了，她拢拢头发，整整柜台；室里静静地，随着她的动作安闲地度过那些细微的分秒。

江驻足一会，看着她。

　　江走回宿舍，走回自己的斗室里。那袋藏在衣柜底的铜板，他想着，也许两年，也许半年，他就可以自己慢慢将它们花完了。让它们消失在自己的生活中，从自己这间专为准备再次迁徙的斗室中消失。那时，自己想必也已经不在这里了。

　　他坐在书桌前。头顶的气窗，光影变化着。太阳西升东落，季节倒退着，但他并不在意，他犹自呆坐着。直到那天，在那个酷热的夏夜里，他的朋友们都陆续放学了。有人来敲他的门，他打开房门，发现高手、大闸蟹和熊都在，都仍对他友善地笑着。

　　"嘿，"大闸蟹拍拍手中的球，对他说，"去河堤打篮球吧。"

　　他看着他们，抱歉地对他们说："我去过了喔。"

第四章 大于等待的

在母亲失业的那段时日里，每天晚上，会有一名老妇来找她。

老妇自小长于山村，年轻时爱热闹、善调解，阔气甚于男子。招赘得婿后，她颇不负期望地，六年五冬，顿脚不停连生了六个儿子。十年二十年间，长相雷同的六兄弟，依单双齿序，分别顶着两门姓氏，先后离开山村。总在大假前夜，六兄弟开着各自的车，载着各自的家眷回到山村来。那时，一早就在大树下等候的老妇终于开心了。她挥动双臂，高声呼唤，快步跑回家。那夜，家家户户一望厨房后门，会看见她的嘴笑咧到耳根，贴壁门神一般闪进来。她来借锅借鼎借酱油，有时还拔下别人家的瓦斯桶，自扛了去。"哇，真欢喜……啊，不够吃……"她这样说。她眼角蓄泪，满脸油光汗渍，整个人心畅意醺地空空落落，不时甚至有些语无伦次。

第二天清早，人们开大门，张眼向屋外，首先望见的，还是老妇。她正操着竹扫把，将大树下的硬土地刮得片叶不留；接着，她抛下竹扫把，从后腰抽出一柄柴刀，到竹丛里砍几根带叶的青绿竹竿，搬到地上交叉横摆，挡住道路。大树四周，成了车械不通的游乐场。那时，天一定是要放晴的。早饭时间刚过，老妇家那间水泥墙黑瓦顶的平房，就会连续跑出十八个一模一样的小孩。他们或骑脚踏车，或踩溜冰鞋，或用狗链拖着老妇养的一条短腿黄狗，不片刻便越过老妇细心圈好的游乐场，满山遍野横冲直撞。

那条短腿黄狗，名字就叫作"狗"，一个字，完了。

并且，它的阴囊因为病变的关系，肿得球大，夹在短短的两腿间；当它被拖着跑动时，阴囊就一下一下哐哐当当磕着地。

哐当磕地声中，山村大屠杀展开了——只消一个早晨，湿地上一整片姑婆芋，就全数被水鸳鸯炮轰掉了顶盖；沟渠里的田螺虾蟹都被捞到大柏油马路上列队，孩子们手牵手蹲在路边，耐心等候。当路过的大卡车将它们连壳带肉辗成两行鼻涕时，孩子们就霍地站起，拍手欢呼。一个老人一踏出门，发现他家的水管被人用石头砸断了，满后院都是积水。公厕的玻璃破了。供桌的神像歪了。相隔五百公尺远的两家，不知为什么互换了晾晒的衣物。村人挺起怒气，走来找老妇理论。

精敏的老妇，总会立即抓住离她最近的一个小孩呵斥。

由于指认肇事者相当困难，由于老妇是那样气定神闲又声色俱厉，村人们僵持着，一时之间，为自己的涛然怒气感到心虚。他们忙不迭起止住老妇作势要挥下的竹枝，把话岔开。他们与老妇卷入日常闲谈中。小孩挤着一样的眉眼，静静逃了。

就是那样热闹。就是那样从容地度过那些热闹。

在儿子们不回山村的那些日子里，在那间水泥墙黑瓦顶的平房底，每天晚上，老妇就会静静地与她的丈夫一同吃晚饭。那时，天一定下着细雨。在饭后，丈夫照例把一卷看了十多年的色情录影带，推进机器里播放。然后，丈夫坐回沙发上，一手持牙签剔牙，一手撌进裤裆里。静静地，好久好久不出一声。

老妇看着她丈夫，看着模模糊糊的电视画面。

那卷录影带，是她六个儿子之一，送给她丈夫做生日礼物的。

"真搞不懂啊，我自己的丈夫儿子。"年轻时开阔远胜男子的老妇，寥寥想着。

"你已经坐在那里一整天了，"她问丈夫，"你怎么不出去走走，散散步，看看风景？"

"请不要有那种城里人的奇怪幻想。"丈夫回她说。

老妇复无别话，拿起手电筒，走出屋外，走进雨里。

那就是每天晚上，江的母亲看见老妇的样子——她摇手电筒的光，横过树篱走来，身后跟着一条磕阴囊带狗链的短腿黄狗，"狗"。用大半时间在等待大节、等待欢聚的老妇，在等待的时间里，宣称自己是个怕鬼、怕冷清的人。所以她每天一路夸张地大念佛号、铿锵乱响，出现在母亲面前，找母亲说几句话。

她们一起看电视新闻，看那些正在发生的事；她们一起看电视连续剧，看那些她们知道接下去会怎么发生的事。"现在变成这样了，"老妇对母亲说，"儿子去城里赚大钱，就不理自己亲生老母了。"母亲其实无法确定她说的是电视里，还是电视外的事。母亲不确定老妇是想安慰她，或者纯粹只是想对她抱怨。但，"呵呵，对啊。"母亲应答着。

光影落尽的黑夜时刻，也许还要更久，她们会这样不看彼此，一起坐着。在每个没有节日可以彰显的无名日子，她们会这样一短一长寥落对话。没有人会记得、会在乎她们这样做。但她们会记得，她们这样一对已完尽作用的母亲，会一起记得，在那些时间里她们共同回忆过的事。

在那样漫长的时光底，她们一起琢磨过的，他人的生活。

而后，在那天夜里，母亲对老妇说："我想，我还是应该要出去找个工作喔。"

"是吗？那很好啊。能工作是很好的。"老妇慢慢站起，悠悠伸了个长长的懒腰。"那么，"老妇笑着，对母亲说，"我走了。"

"嗯。"母亲也笑着。

而后，母亲走近，将已伸成三百里长的老妇，慢慢卷收起来、慢慢卷收起来，从年轻的她到此刻的她，连她的丈夫、她那六个儿子、她那十八个孙子，连她那间水泥墙黑瓦顶的平房，连一点点山村的细雨，连那条正蹲踞在门口吹狗螺的"狗"……所有的一切，母亲都细细卷好，捆成一张毛毯的大小，捧着，收进衣橱里。

"再见，鬼婆。"母亲对她说。

那时，天已将亮了。天刚亮起时，衣柜前只剩母亲一个人了。她独自脚跟立定、膝盖打直，从衣柜底拖出她最好的那套运动服。她把运动服摆在床板上，预备在上工时间时穿出门。

对着镜子，她整整新烫好的头发，重新检查自己脸上的神态。

就要出发了啊，她想着。

在离开厂区整整两年、彻底失业十个月后，江的母亲将要涉过一路鼎沸的人声，来到一切都上了轨道的煞车皮工厂，看能否得到一个工作。

看能否凭此，重新隐入人群中。

为了给人一个好印象，前一天午前，她特地骑着脚踏车，去到——她从前惯去的——滨海小街上的那家美容院，去整理一头久未整理的乱发。在路上，她不慎连车带人摔了一跤。回到家后，对着镜子，她回想自己将淌着泥水的脚踏车停在美容院外，带着手肘、膝盖的擦伤走进门时，美容院里，众人的表情。

"她们一下子都没有认出我呢。"她想着，"她们以为我是哪里来的疯子。"

然后，她们认出她了。

她们突然过度热切地关问着，找来医药箱，为她处理伤口。

那时她心中突然有一个念头，她想着：如果她真是一个陌生的疯子，她在路上摔伤了，这样唐突地推门走进她们的地方，她们会不会为她处理伤口呢？

真奇怪，已过不惑之龄，她才第一次去想这样的问题。

然而，她知道答案的。当她知道要这样问时，她想，她已经知道答案了。

她离开自己的房间，推开大门，呆呆看着屋外。细雨之中、人群散尽的夜暗田野上，有一个年轻人，持一柄锄头，在荒草堆中掘一口水塘。她呆呆看着。她记得那里本来就有一口水塘了，但水塘不知何时竟已消失了，结果这个年轻人得重新这样一下一下吃力地掘开土。

"小心啊。"看着年轻人的动作她想着：如果曾经在那块田地上付出一辈子的人，最后都能长驻那块田地、共飨沃土的话，年轻人此刻，已经掘破很多人的精魂了。

出发了。

母亲换好衣服，在工厂开工时间将近时走出门，走过厂区门口的杂货店。

她看见杂货店犹安然屹立在雨中。杂货店的老先生，倚门端坐，就着报纸练写毛笔字。桌边有锅未吃完的速食面。老先生煮速食面当早餐，煮速食面当午餐，煮速食面当晚餐。煮面、吃面、练字，他的腰间总系着霹雳腰包。他像一个驻防城楼的管理员，敬谨地看守着他的临时居所。

母亲记得，在她嫁到山村时，杂货店就开着了。更久更久以前，一天清早，当山村人经过那里，老先生就出现在那幢仿佛废弃碉堡的楼房里，持一把破扫帚，独自打扫着了。他们迟疑着，终于有人上前问老先生是谁。

老先生反问："原先住在这里的人呢？"

"死了。"他们回答；死了，他们帮扶着，去公墓埋了。

老先生说我就是死者的弟弟。我是最后那位独居在这座楼房里、死在这座楼房里的那个妇人的弟弟。我现在回来了，要开一家杂货店。

老先生令他们感到歉然。他们总对陌生人感到歉然。尤其是当他们发现自己原来早该认识这个陌生人的时候。尤其是这个陌生人似乎对他们如此熟稔，他完全理解何以一名独居者死后，偌大的房里会只剩下一把破扫帚的时候。

他们不免仍有些狐疑。夜晚，敲开铁门、进杂货店买点什么时，他们会故作不经意，对老先生说："你姊真是个好人啊。"

"不，"老先生答，"她也有不是的地方。"

"也对，也对。"他们看着老先生，心想着。

或者，他们问："你姊很难相处吧？"

"不，"老先生答，"她也有好相处的时候。"

"也对，也对。"他们也看着老先生，心想着。

那时，他们才觉得自己比较熟悉老先生了。他们比较能够接受老先生作为一名死者的弟弟，这样一身干整、总是清醒地坐在死者最后卧倒的地方，就着桌子练写毛笔字。

桌边台灯下，总也静静压着一本记账用的大册子。

傍晚，厂区收工的时候，他们会前前后后踱进杂货店里，赊一瓶冰啤酒喝，或者两瓶，或者更多。当他们喝挂了，倚着桌子，各自陷进漫无边际的梦里时，老先生会一一轻轻唤醒他们，对他们说："该回家了。"

台灯圈着一桌绿色的光。他们醒进那样的恬静里，看着一地凌乱的空酒瓶，觉得手脚、胃底、脑后都僵寒极了。

"回去睡觉吧，明天还要上工呢。"老先生说。

"记我账上，"他们站起，吐着暖气，抢着说，"记我账上。"

都记得了，老先生拍拍大册子，说放心回去好好休息吧我都各自记得了。

他们走出杂货店，走进雨里，听着老先生在他们身后拉下铁门。他们知道，明天一早，当他们又经过杂货店时，杂货店又会恢复原本的齐整。老先生还俨然坐在那里，就着刚看完的早报练写毛笔字，桌边放着一锅未吃完的速食面。

　　走在那样的雨里，默想明天，他们偶尔还觉得歉然极了。然后，在那样日复一日的歉然里，他们觉得自己日复一日又更熟悉老先生了。

　　直到那天，老先生匿进大城里，从此不再回来，他们仍不觉得老先生消失了。他们慢慢攀梯带椅，慢慢试探着，以自己熟悉的方式，一纸一纸亲昵地粘靠老先生护卫的外墙。像蔓生的藤，渐渐，他们爬进门窗。渐渐，他们发现自己置身在二楼老先生的卧室里，坐在老先生的床上，读着一本老先生细笔满记的大册子。"我在这里呢。""我在这里呢。""我在这里呢。"他们不由自主，一页页翻阅着大册子，这样回忆着。

　　在一架屉格全被拉开的五斗柜上，一台音响静静立着。他们想象，也许有天，老先生会再回来，自己关掉这台定时歌唱的机器。那时，"你看喔——"他们要对老先生说，他们要说在你离去的日子里，我们是这样熟悉亲昵地以自己的方式去靠近你了。你看，我们终于完全熟识你。你不会知道，在记忆之中，那是一段多么长久、多么满溢愧疚的时光，在我们各自做着辽远的梦的时候。然而，你终于不再回来了。在你的死讯确切辗转传回山村那天，我们照常去上工。我们或打着伞，或不打伞，在那样的雨里日复一日去上工。我们看着你的楼房，那变成我们全然熟悉的样子，那终于早就没有你曾活过的痕迹了。

　　那时，我们才觉得自己比较能够接受这样确切的讯息了。

　　我们时常还会潦草地想起你。我们记得，你是这样一个好与从的人，你总是静静的。然而，不，我们又想，你也有不是的地方，尤其是你总是静静而全然清醒地对着醉酒的我们。在我们真正并不认为你是一个陌生人的时候，你却仍像走钢索那样谨慎，似乎一开口就会下坠似的，那样地迫近疯狂。

尤其是在那样静默的时刻里。

雨仍下着。在一间人声鼎沸的楼里，母亲独自面对一个静默的男人，等待他给她一个可以开口说话的讯号。"我就是死者的弟弟。"母亲低低玩味这句话，独自微笑着。她想起在那场细雨中，她踩着水，站在屋顶平台的楼梯口，看着一个男孩，贴在护墙边，双手扶着一根竹竿，逆时钟慢慢转动。从楼底，断续传来一个妇人的叫喊。"好了。""糊掉了。""好了。"妇人这样嚷着。

她听见以后，大声把妇人的话语传述给男孩听。

断续叫喊的妇人是她的母亲。转动竹竿的男孩是她的弟弟。竹竿顶端绑着电视讯号接收器。细雨中，她与弟弟帮母亲调整被风吹歪的接收器，让镇日坐在躺椅上的他们的母亲，可以看清眼前的电视画面。后山聚落。雨中的屋顶平台。那样的光度，怎么想都应该必得是个大晴天——然而，不，她记得那时下着细雨；下着无伤的细雨。她记得，那时，弟弟手臂底还夹了一本参考书。他那样僵硬又柔和地倾着身体，慢慢旋着竹竿，那仿佛能掌握的他都会轻轻掌握稳。

她喜欢看他，这个男孩，她的弟弟。她喜欢想象在那样的清晨，他弟弟发现自己是全家第一个醒过来的人。他爬上楼，推开门，走进屋顶平台，打开一架木造鸽笼，放出他养的一群鸽子。然后，他坐在鸽笼檐下，独自读着参考书。独自准备高中联考。为了不去扰乱这个画面，她可以在床板上躺久一点，直到看见鸽子在窗外飞翔，才悄悄走出自己房里。

假装路过，她走上屋顶平台，去看他。他会对她说话。那时，他犹愿意对她说明自己心中的想法。他会说，他发现，在这个世界上，只有两件事人类可以自由操纵——第一，是"时间"；第二，就是"梦想"。听完，她笑了。她不知道从何时开始，他养成这种古怪的说话习惯——他不说"人"，他开始总说"人类"。人类，于是还有狗类、鸟类、虫类与其他的物类。时间与梦想，是属于他们这类的惟二两种自由；十五岁的人类一员，他弟弟这样说。

很久很久以后，他还会突然对她提起这段话。在时间与梦想日渐缩减的时候，他还会这样准确复诵起他年轻时早就说过的话。他们都不会去确认——这些话究竟是不是他初次想到的呢？究竟在逻辑上禁不禁得起推敲呢？不，那已经都无关紧要了。那仿佛是在初老的门槛上，任何遥向自由开放的话语，都能作为他们曾经年轻过的证据。他们盘算着，要以这种姿态，重新提起力气，去度过更长更久的岁月。话语与话语，那样无能为力成为惟二的两种慰藉，而在时间的两端，母亲刚好都是听众。或者，只比听众多介入一些：母亲是一个总在原地踏步的传令兵。

母亲会记得，在那个旧历年初三，她弟弟到山村找她。他蹲在门口抽烟。他两个就读国小的儿子，正跟他闹着意气，坐在他的二手车里打电动玩具，不肯下车。他的太太，早已经躲到离他很远的地方去了。但他仍穿着他那套西装，抹抹窜出一头发油的几丝灰发，两眼空空望着远方的雨，带着微笑，脑筋打转着，"我发现这个世界上，只有两件事，人类可以自由……"他开始重新这样对她说。或者，他开始重新这样对自己诉说。或许，在那一刻，他不再是自己认为的那个工厂开一家倒一家的衰尾道人；不再是个负债累累的成年男子；不再是亲戚朋友们眼中的瘟神了。他相信，自己会继续那样浮动难安地走下去；去想那些有想头的事；想着要去那些没人去过的地方，做那些没人做过的事。那样的路途之上，那些人——母亲想着——他们之中，十之八九会惨烈地失败。八九之六七，老婆会跑掉，小孩会恨他。但是无妨，他们之中，十分之十的人会再接再厉，继续穿着西装，带着微笑，脑筋打转着，出现在渡船头，出现在火车站，出现在工业区，或者突然就跑到你家门口抽烟。

　　然后你会请他喝酒。然后他一定会喝醉。喝醉以后，他或者哭，或者不哭，但他一定会坚持要自己开车回家。然后你绝对拦不住他。然后他一定会开到一半支持不住，把车子停在路边睡觉。然后他的小孩坐在后座，继续安静地打电玩，继续安静地恨他。然后他会突然醒过来，突然感到很愧疚。然后他会主动消失一阵子。

　　然后，当他又晃荡过来，当你再看到他时，他还是穿着西装，挂着一嘴坦然的笑，说他对于"人类"的发现。

年复一年，在寂然下着雨的节日里，你真的会，不，你真的只能希望他总会记得这样一身齐整，手提一盒路上临时买的蛋卷，故作若无其事地晃荡过来，来复述他老早发现过的事。你会小心。你会装作自己早忘了那些已听过的话，如此，他会确定自己是世上唯一还这样想着的人，他会继续快乐地谈话。你还会觑准一个最好的时机，拿出你老早准备好的两个红包，故意表现得极其不值，以一种悲柔而自怜的方式，把红包交到他的儿子们手上。

江的舅舅，在那些江曾经、或者即将与他比肩的年纪里，在后山江的外公家留下一整笼鸽子，在山村江的母亲的一格抽屉里，留下一整叠印着不同名字与职衔的名片，如此不断在各式光影中抽身，这样努力想要匿进人潮里。年复一年，他改名字、搬新家，闭眼奋斗半年，用另外半年懊悔自己、忍受他人。仿佛总有无尽的厄运，鬼影一般侵扰他，逼迫他不断迁徙。直到有一天，在新年节庆里，他那样半醉地对着自己姊姊，一字一字对他姊姊江的母亲说："我真希望我没有被生出来。"

那时，屋外，冲天炮在雨云底零落爆破。

母亲笑着，装作自己没听见这句他每年都会说的话。轻轻巧巧，像翻过一页书那样将话语掩了过去。

有许多事母亲都无力预期，但就站在那门口，母亲仿佛就能看见他，那样开着车回去，一路卸下强自快乐的心情，渐渐虚弱。在滨海公路的路肩上猛然转醒时，他会掩住愧疚，要自己的孩子交出收得的红包。那样年年成长、渐渐懂得人事的两个孩子，一对兄弟——哥哥穿着一身新衣，弟弟穿着哥哥去年穿的衣服，两人轮流打着两台陈旧的掌上型电玩。车窗外，宽阔的大海拍袭路面，雨点敲着车顶。在那个湿冷极了的角落，他们的父亲，红着脸回身，伸手将他们劫掠一空。

他们彼此对看。

很久很久以后，这对孩子还会记得，在他们的童年时代，他们那挫败的父亲，是如何利用他们，利用快乐的节日，绕海岸穿门过户打抽丰。他们会想起，自己的父亲是这样一个谎话连篇的骗子。那些什么"自由"与"梦想"等等宽远的字眼，都像回身伸手的父亲一样，发出浓浓的酒臭气。那些字眼，是如此地不可轻信，就像故作天真地贩卖着他们童年的父亲一样。那样地自我陶醉。

而母亲不能阻止那一切。

话语。话语。在话语里。

"所以煞车皮，"母亲想着，"不晓得到底长什么样子？"

她坐在一坑水洼里等待，转头四顾，希望办公楼里流递的物品，能给她一点提示。然而，她只看见一堆废纸，一堆写满字的文件，在经理的桌角渐渐垒高。经理依旧不发一语，静静忙碌。

雨仍下着。

她抚着伤口、抱着礼物，对着僵冷的空气独自微笑。她独自温暖地回想起自己的弟弟；回想起旧塑料皮工厂的老板，想着他如何拖着一条尾巴，举家挫败地迁离山村。渡船头。火车站。工业区。她想着不晓得他们现在会在哪里？一家是否依旧安好？她想着。"所以，恭喜你，"她抬头，对着眼前的陌生男人，煞车皮工厂的经理，柔柔在心底说，"机会只有十之一二——你成功了。但，那一定相当艰辛吧？"

没有人会明白她的。没有人知道她现在掉在回忆中的哪里。没有人发现她其实正想象着他，眼前的这位陌生经理，或许一如她认识的那些男子一样，在高中毕业，不，或许还要更早，在国中毕业后，从上游零件厂的学徒开始做起。在一个大雨天，他会躲在一处小凉亭里，隔着四线道大马路，远眺一处大工业区入口。大工业区是新的。大马路是新的。连他所置身的那座古色古香的小凉亭，也是新起的。小凉亭发散红融融的油漆味，这样伫立在铁灰色工业区深阔的大门口；路过的人看见，都觉得那慧黠极了，真像是一个画龙点睛的高明玩笑。

他坐在凉亭里，读一本武侠小说，不时抬头张望工业区大门。他在等待，等待一位跟他约好的大老板，会在那样的雷雨中，撑伞走出工业区，横过水珠高弹的大马路，走进这座局窄的凉亭里，跟他谈生意。

大卡车，发财车，小轿车，不断有车辆进出工业区入口的关防。不断有人转头，饶富兴味地打量凉亭里的他。他端坐着，整理自己的表情，看看自己在凉亭边停好、淋着雨的摩托车；看看自己在凉亭栏杆上披好的雨衣；看看自己在石桌上摆好的一大包型录；盼望着，这样的井然秩序，可以在湿冷的空气中继续维持下去。

他看看手表。

他重新检查秩序。

"这也许是个考验。"他安慰自己。

更久以后他就明白：大老板不会出现的。他终于明白这座小凉亭的意义是什么了。他默默收好东西，穿好雨衣，骑摩托车回零件厂。在路上，他不断回想自己在电话中那些真切的话语，回想自己以为大老板终于被他说服了，回想电话底下，大老板用笔头絮絮敲击桌面的声音：笃笃笃笃，笃笃笃笃，笃笃笃笃……

他回到零件厂，在工厂走廊上临桌对窗，继续读武侠小说。在他头上，由墙至墙挂着一条铁丝，铁丝上挂晒着衣物。在他身后，不断有人经过，看他在做什么。"用功喔。"他们拍他的头，走过去。

"用功喔。"又一个走过去。

"用功喔。"又一个。

"不要拍了，"很久以后他回过神来，抱住头，调笑说，"我的头已经很扁了。"他四处望望，走廊上一个同伴也不存，只剩下他脑脖子上热热辣辣的感觉。

月亮挂在窗沿下，雨停了。零件厂老板，一位腆着啤酒肚、满齿槟榔红的中年男子，在走廊上喊他："又躲起来干什么？休息了，出来吃西瓜啦。"

他走出长廊，走到一张原木大茶桌前，与同伴们一起围坐。他抬头看看阒暗的厂房，数十架机器盖上塑胶套，进入休眠状态。一台油渍满布的电唱机唱着歌——《像雾像雨又像风》《泪的小花》《难忘初恋情人》……歌词在石棉瓦搭成的厂房里低低响着。厂房外，雨后的夏夜。芭蕉叶铸着光，绵软的月光。

"总之拚命做就对了。"老板突然拍桌子说。他离开月光，回头，看看一桌子圈坐着的人。那边是老板和老板娘。这边是一群学徒——他和他的同伴们。对着满桌瓜皮、酒杯、凉水壶，老板在用心宣讲自己所知的行业学则。"拚命做就对了。"那其实是他唯一能清楚说明的事。老板娘还在寸量一个合宜的地方，想打断老板夹缠的话头。更远的地方，老板身后，老板的孩子们各自趴伏在一方大会议桌一角，就着微弱的灯光写回家作业。每当老板拍桌子、说些重复的话时，孩子们就对彼此使使眼，默默模仿自己的父亲，默默瞪视围坐原木茶桌的他们。

然而，那其实不能怪老板。老板是个好人，他明白了。老板受那些必会听他说话的人环绕，去日复一日宣讲那些他早就说过的事理，要所有学徒仔细记忆他操作机器时的每一个细部动作，因为"这个很难"；这其实不能怪他。

雨早停了。他们肩上搭着毛巾，各自取下铁丝上挂晒的衣物，走进长廊底的浴室，一同就着大浴池洗浴。他知道，自己不是唯一一个在路上受挫了、在那场午后的大雷雨中枯坐等待的学徒。不，恐怕还有人正面迎雨，被更粗率的事理所挫败，但他们都不会说；不知道应该怎么说，如果那真的濒近致命的话。他们那样就着高窗上的月光，在浴池边，对自己泼水，一边轻轻哼着情歌。那在动作中的厂房里、在老板噪噪的宣讲中，被当作可有可无的背景音低低播放的歌，他们在流离的进出中，居然能够拼凑记全了。

那样一首情歌。

在那样末日的洗浴里。

笃笃笃笃，笃笃笃笃，时间竟走着。他回想自己像陷进流沙一般，紧抓着电话，急切地想要说服大老板。笃笃笃笃，笃笃笃笃，气氛一下松弛了。好吧，大老板说。大老板柔声细语地说就约在那座凉亭里谈吧。怕他找不到，大老板甚且详尽描述那座凉亭的样子。我忙，可能会迟到，但不见不散，大老板彬彬有礼地说。谢谢。谢谢。大老板挂掉电话。

他极力想象挂掉电话后，大老板举起那支不断在桌面捶擂的笔，接下来，会做什么。他会去责怪那个随便将电话转给他的秘书吗？不，不值得发这种脾气。大老板会继续翻开文件，继续默默批改着。

这个我也明白了。他泼着水，哼着情歌，想着。

他明白大老板以这样柔曲迂回的方式，在教导他什么了。那比任何正襟危坐的听讲都还有效率；他恐怕数十年都不会遗忘当他发现一切时那种脑脖子上热辣辣的感觉。即使是在睡梦中。

我明白了。躺在上铺床板上，在一群睡倒的学徒同伴们身旁，他说我明白了——零件厂老板，是一个好人，但那位大老板，才是一个了不起的人。大老板能在那样的静默中，在柔曲的言谈中，让许多人不得安眠，那样一下子就对你证明了言语的效益，把你捏活，让你自己全明白过来。

十五六七岁的学徒他，在同伴们东歪西倒的鼾眠中，独自醒觉着。他突然听懂了自己拼凑记起的情歌，那歌词一点都不模糊、一点也不复杂，它们其实还太简单了。要好好计划，要好好把事情搞清楚。他红着眼，跳下床铺，赤脚踏在冰冷的地板上。他摸到自己的行李旁，把一堆租来的书扫到一边，"这些东西一点用也没有。"他想着。

他找出一支原子笔、一张白纸，跑到长廊的公用木桌前坐下。

在月光下，在如今湿淋淋滴着水的一排衣物下，他独自筹谋着。

在纸上，他写下自己的名字。写下自己的出生年月日。水滴穿纸，字迹在幽暗的光影中濡湿。他想，这些我都知道了——我写下的就是我能掌握的。他继续走着笔。他觉得自己不能再像那些同伴们一样了，他要在这数日子待兵役、吃西瓜喝凉水听好人训话、可有可无的学徒生涯里，开始把自己准备好。要准备好。在那温热满溢的视线底，他看见自己的手抽抖着。他必须用全身的力气，才能把笔扶稳，在水中滑行。"我有错误。我有缺点。"他亢奋又疼惜地想着。"我的错误、我的缺点就是……"他走着笔，一一罗列，不断记下来；写在纸上；写在水上；写在桌面上。

等着吧。等着吧。等我都写下来，都掌握住了，等我把自己准备好，我一定能够去面对、去抵御那些远大于等待的沉伤；他想着。他记忆着。

"是啊，这些我也都懂得的喔。"母亲默默这样说。她对眼前这位陌生男人，这个可以评判自己是否够资格重回人群、可以给她一个工作的人类，默默这样说。

她面对他，想好好地，把脸上的笑容传给他。

整山村唯一一家工厂，如今是一家煞车皮工厂。有生以来从未见过煞车皮的母亲，坐在湿冷的办公楼里，面对一个陌生人，却以为自己遇到了亲人；必然能够理解她的，她的亲人——学徒他。

她没有发觉自己是唯一还留在原地的人。

她没有发觉：不必太久，不过七八九十年后，学徒他，就会穿着卡其短衫、西装裤，开着大公司或国营大厂的公务车，那样一路开过他自小看惯，如今愈看愈觉得索然与可惜的荒芜田野，一路向前奔去。

短衫胸口的口袋里，他搋着一包烟。他自己不抽烟，但从第一天考进大公司大厂里上班开始，他就不忘在胸口预备一包烟，在西装裤袋里预备一只防风功能极好、但长相寻常的打火机。

公务车上，他载着，比方说，就载着几桶满装的瓦斯桶；那是大公司大厂给他的福利。在这个假日，他开着公务车，来会他将来的岳母，顺便找他将来的妻子约会。

那些破落零寥的田野之家啊，他不无疼惜地想着。在那样一个假日里，女的，婆媳姑嫂，一律坐在三合院落的大门口，面对庭埕，穿塑胶花，做家庭代工。男的分三种人——孩子们在臭水沟里摸宝，在杂货店后张寻着空汽水瓶，凑到嘴里，舔几口汽水或雨水。老人们卷起裤管，在大树下撅裆跷脚赌四色牌，不时对丢几句村骂。至于孩子与老人中间的，啊，那些年轻人，那是比较杂芜缭乱的一种人。他们或者白着脸，惶惶躲在自己的角落，对着某种自己才懂的东西发愣，镇日不发一语。或者，他们根本已经半身走离了。他们失魂落魄，你看他们在这里，但他们事实上不在这里。你以为他们不在这里，但事实上他们已经又回来了。

永远永远，他想，不要认真理会这类人——如果你不是在孩提时代就熟悉他，那么你最好等到他老时再认识他。否则，在几句招呼之语、在几场酒宴后，你永远不知道他会不会突然松开一根紧绷的神经，突然变得热络而饶舌。

"给你看个东西。"他这样亲昵地对你说。

他回身，搬出什么东西，扔到你面前，要你看。

你看见一具尸体。你问："你怎么随身携带一具尸体？"

他搔搔头，满脸不好意思，他说："还不够好，我知道，我还在琢磨。"

他还在琢磨。他想把一具尸体琢磨出光，那样屈膝握拳，像漂浮的婴孩那样浴光重生。

"不是，我意思是……"你说。

他打断你。他回到自己的思绪里，用冗长的沉默打断你。

"喔，我懂了，"你说，"你在开玩笑。"对，你想，这是一个玩笑——他是在谐拟某种母亲的姿态。

沉默。他摇摇头，收回他的尸体。他说："你知道，我对人类向来是充满失望的。"

那是什么意思？你想。你以为只有疲累的太空人才会这样说话。他们，比方说，他们借由各种资料熟悉冥王星了，有朝一日，他们真的长途跋涉、亲身登陆冥王星，只看一眼，他们说："我对冥王星真是充满失望。"那样的语言。那样糅杂自傲和自弃的一种语言。他们，这些杂芜缭乱登陆在你面前的人，都习惯使用这种太空人式的语言。"你看，跟我想的完全一样吧。"他们还会回头，对身上背着的尸体这样报告。

他们真像充满记忆的野蛮人，再新再开阔的世界，他们都能一眼看尽。真的真的，只好等到他们老了。等到他们老得跟枯尸一样，当他们再在你面前丢尸体，你就一点不感到奇怪了。

他开着公务车行过那些田野，车上载着瓦斯桶，口袋搋着打火机。他将来的妻舅，总冷嘲着，称他作"军火商"。随他叫去，他想——我曾经是野蛮人，但我现在是军火商，而你还是野蛮人，你猜最后谁会站着？他要一路大鸣喇叭，风风火火冲进三合院落的庭埕，他要那些耳语挥散开来，那些最后一定会传回他耳里的耳语。他要他将来的岳母，那样骄傲又哀矜地对着那些婆媳姑嫂说："公务车专程给我们家送瓦斯来呢。"让她们那样传去。让他们传去。

他来找她，他将来的妻，赴一场排定好的约会。他提着公事包，带上她的手，在那个假日，他们一同在大马路上散步。走一段，过马路，再从另一边走回来。"恋爱喔。"一个路过的野孩子朝他们喊。

"恋爱喔。"又一个路过。

"恋爱喔。"又一个。

羡慕吧？他想，他们就是在恋爱。他停下脚步，得意地对她说："送你一个礼物。"他从公事包拿出一个小瓶子，交给她。她拿着细看，不解。

"润滑油。"他说。

她不解。

"公司新产品，"他说，"给车子引擎用的。"

"喔，"她讷讷说，"谢谢。可是我们家没有车。"

"会有的，会有的。"他说。他说会有的。

她看着他，无语。

"我先帮你保管。"

"喔，好。"

他收回瓶子，仔细在公事包里放好，再带上她的手，继续在大马路上约会。

厚实的土地，厚实的大马路，厚实的两人相偕的步伐。他低低哼着情歌，他相信她会懂的——她会明白他与她那些父执辈、兄弟辈已经是多么彻底不同。曾经，他也是野蛮人的一员，但现在，他已经重生了。现在，就这样闲闲走着时，他就能预想将来，而那将来，因为太光太亮的缘故，他两眼几乎溢出泪来。他忍着泪,独自愉快地忍着泪。如今再去回想那些熬夜加班、熬夜苦读,那些和窗外第一道晨光像两头狼犬对面觑视的苦熬日子,他认为自己还没有完全通过那些试炼,但已经开始在怀念那些试炼了。

那样的日子,那样又过了好多年,他终于能够告别逢人示惠、为人谋划的学徒生涯;终于能够在往来无数次的荒芜田地上,不再迁徙,定居下来,造出围篱、造出洋房、造出花圃、造出犬舍,安放他的妻,让她养花、练狗,有事忙;让她在墙垣的保护下,无需应付那些不时想冲进门来的邻人。啊,那些向晚的滑着拐杖的专嚼舌根的零余老妇们。这样在初老之时,他犹保持一身干练。在这样的二月寒雨中,他上要应付好几名老穿白袜配黑皮鞋、总搞不清楚状况的股东们,下要调度一整个煞车皮工厂。他这样忙忙碌碌,抽不出空歇个手喝口水,然而,一抬头他就看见她。

她那样裹着伤,携着显然是在工厂门口杂货店临时买的礼盒。那样静静坐在他面前,对着他微笑,长达一世纪之久。

她的头发是新烫的。她的运动服上居然有折线,好像军装。她的伞还那样自顾自到处淌水。他想着。

他看着江的母亲,像看着一只迷路的傻候鸟。"你要什么呢?"他想着——在这样的时节,你以为自己能谋得什么呢?先前你都跑哪去了呢?他皱皱眉。而她还对他笑,仿佛他是她认识的什么人;仿佛他就是她的亲弟弟。她不知道,他自己的亲姊姊,他都已老久不跟她联络了。

　　她还对他笑着。他突然意识到，如果他不出声、不做点什么，她恐怕会这样一直笑下去。她还会跟他回家，一路不断对着他笑。在家里，当他与妻与子吃晚饭时，她会站在他的餐桌上，不断对着他笑。当他戴上睡帽，在浴室里刷牙时，她会蹲在他的马桶盖上，对着他笑。当他在做梦时，她会在他梦中……他叹口气。他把笔一抛，空出手，向后一躺。他的视线滑过桌面，检查流程。

　　台灯。烟灰缸。烟盒。防风打火机。眼镜盒。一堆纸。手表。电话。电脑键盘。又一堆纸。他抬头，越过她，看远处墙上的钟；看满办公室的人影。他收回视线，看自己刚刚抛下的笔，迟疑着，有股冲动，想要捡回笔，开始把桌面笃笃敲响。

　　他放弃。他摆摆手，露出笑脸，对她打一个讯号。

　　"好吧，"他想，"那我们就来看看——你可以给我什么？"

　　"你可以给我什么？"在那间办公室里，他用微笑，用手势，用沉默，向她提出这个问题。她知道自己必须说话、必须回应。她拉拉左耳。那是她自小养成的习惯——每当她困窘时、生气时、高兴时、悲伤时，她会先伸出左手，拉拉左耳，这样提醒自己，把复杂难说的事，浓缩成寒简的短句；或者，把再简单不过的事，拉长拉缓成漫无边际的话语。她总想安慰人，但面对这样一个微笑着静待她的人，她突然不知道应该怎么开口。

　　雨仍下着。伞都风干了，但雨还下着。

"快想。"她对自己说。但，究竟应该如何开始呢？她想着——因为我其实什么都记得喔。她记得，在后山聚落，她自小成长的地方，一群早被放生的鸽子，带着它们的后代，缩脖子、靠翼翅，圈围住屋顶平台的护栏，不肯远扬。"牢笼都坏朽了，那个人类都走了，你们却还不肯离开吗？"她拉拉左耳，苦笑着，这样对它们说。她站在楼梯口，看着一片水湖漫过所有人的屋顶。楼房老了，晴时龟裂，雨时漏水，于是不分晴雨，他们总在屋顶积满水，让水去渗透、去凝抓所有孔隙。

那样先灌淋自己，以此静静抵御一场场寒雨的一处居所。

她走下楼。那天，她一个人回后山，寻找黑嘴。黑嘴在她出嫁那天，一路追着迎亲的车驾，随她迁徙、定居在山村。后来它老了——它在后山比她年轻，却在山村比她先老——它昏头昏脑靠着车轮取暖，结果给压残了。她想着：它会不会那样一路强挺着，爬回后山来。

她没有找到它。她没有告诉她的父亲母亲，她回来找它。她花大半天帮他们打扫厨房。把大灶上一汪不知放了多久的绿色油水，把水槽里的碗筷，把冰箱里乱堆的菜渣都清干净。她甩着湿淋淋的手，走到客厅，默默看着他们。

她的父亲，坐在一张小板凳上，身边围着一大堆木条。父亲不时抽出几根，量比着、锯着、钉着，忙得满头大汗，不时重来。她看了半天，弄不明白他想制造什么。

"你这样量，"她对父亲说，"钉上去一定不够长。"

"你不要管。"父亲说。

在她身边，母亲对她说："他想钉一个……"

"你闭嘴。"父亲转头，打断她的话。

父亲竖高的衣领掀下，脖子上露出一道伤。

"你脖子怎么了？"她问。

父亲不说话。

"他跟人打架，被刀杀到。"母亲说。

"跟谁？"

"隔壁的。"

她想着隔壁到底还住着谁。"你几岁人了还跟别人起脚动手的？"她问父亲。

父亲不说话，咚咚敲响铁锤。

"又喝醉了对吧？"她说，"好吧，多杀几刀你才知道怕。"

父亲仰头深吸一口气，搬木条移板凳，踱进内室里。

她抬头，看着壁癌沿水路，在屋顶窜生。

"流很多血喔。隔壁的叫救护车。"母亲抓抓她，对她说。

"嗯。"她说。

壁癌停在墙上一根铁钉底，那里，挂着父亲的渔夫帽。她想象父亲每天取下那个帽子，戴上，竖起衣领，在雨中走着的样子。她想象有一天，当父亲取下帽子时，铁钉也掉了；从那个铁钉孔，冲出一道强大的水柱，整排楼房像崩塌的水坝一样就地瓦解。那时，父亲光着头，手拿渔夫帽，隔壁的邻居手拿水果刀，和一颗切到一半的柳丁。他们张口无言，在废墟中，湿淋淋地、讷讷地对看彼此。

她笑了。"没事了，"她安慰母亲，"没事了。"

能否这样告诉眼前的陌生经理，她想着，她能否开口说——那个时候啊，因为如此这般，所以我那爱美的父亲给水柱冲丢了头发；他用十几年砌成的楼屋，用另外更长的几十年细心呵护的一根根发喔。

你看，时间过尽，他如今一无所有，站在一片废墟上。

"不，不能这样说，他不会懂的。"她想。或者，这个关于逃跑的故事如何呢？嗯，事情是这样的：事情是，就在这附近，住着一个失怙失恃的孤魂，名叫"鬼伯"。有天傍晚，鬼伯被人抓去大医院开刀，被取走身上一环母亲的手尾钱，再被送回家去。隔天清早，腰上还缠着绷带的鬼伯，背着一台冰箱，蚂蚁一般，走出自家矮屋，走下田中小径。

"阿伯，你这样是要去哪里啊？"小径上，有人问他。

鬼伯说我要搬冰箱去临海小街卖掉，把铜板换回来。

"卖？"那人看看临海小街所在的远方，看看鬼伯，看看鬼伯身上的旧冰箱，"卖给谁？"那人问。

鬼伯说有人会买的；有钱人会买的。

那人搞懂了。他说阿伯现在家家户户都有冰箱，冰箱已经不稀罕了喔。你不信，来，我带你去我家看。

鬼伯说不要不要，不好意思打扰。

那人说来吧来吧，不骗你，你看了就知道。那人走到鬼伯身后，帮捧着冰箱，一路推着鬼伯走回他家。

鬼伯把冰箱寄存在门口，进屋了。自成年以后从来没有进过他人家里的鬼伯，一进屋，只看一眼，真的只看一眼光洁泛亮的屋内，也就全明白了。

鬼伯背起他母亲从来珍视的冰箱，回身就跑。

鬼伯跑得飞快。

"阿伯，你这样是要去哪里？"

"阿伯，你这样是要……"

"阿伯，你……"

不同人，不断问鬼伯同一个问题，但他们的话语，都被风给辗散了。

"快跑啊。"鬼伯不断对自己喊，那样不敢稍停，背着海向世界深处逃去。

"快跑啊，"鬼伯说，"到处都变成医院了。"

到处都变成医院了。嗯，所以我回我的医院来了；请重新给我一份工作吧。

"可以这样说吗？"她拉拉左耳，想着。

不，不能这样说。等了那么久，到了可以开口说话时，居然无话可说了。

那年，母亲满四十五岁了，初初明白自己在别人眼里，是什么样子。一切于是变得如此艰辛——她其实知道自己应该说些什么；就像她明白自己一定得涉过那些字句，才能把，比方说，一个小小的红包，送达别人手上。她明白那些的。永远永远，必须在施与时悲柔而自怜。必须在索求时悲柔而自怜。当他们挫败而满路奔亡时。当他们成功且正襟危坐时。

那一片刻，那真的像是腾空飞起，去预先想念自己。去一一检视过往四十五个年岁。去看出那些必然的残缺。去把它们一一救起，惜悯地捧着，重新安置在一个初始的、空洞的字词里。以这样可以为人谅解的方式，重新降落、重新匿入人群中。

"来不及了，快想。"她催促自己——那很容易、一点无伤的，对吧？那甚至可能是快乐的。"但那不能是真正致命的。"不，不能是这样的。她必须得到他的理解，让他原谅她姗姗来迟，同时证明自己犹能卖命工作。

她遗憾自己去整烫了头发。她庆幸自己身上缠着绷带。一切声息都平静了，连空气都在等待她开口，等她亲身涉过一个悲伤而残破的，关于自己的故事。

她开始了。她发出一个足以推动一切的声响。

她说："我……"

那之后，一切就顺遂多了。

那不到一天，那甚至未过中午；煞车皮工厂新员工，江的母亲，打一把黑伞，提一盒礼饼，独自走出工厂厂区。她走过杂货店，走上田中小径、产业道路，慢慢走回家。没有人在等她。她缩回沙发，躲进薄被里，看着没有画面的电视。她打开礼饼，当午餐吃。

"啊，他原来想钉一个画架。"很久以后，她突然明白了。她明白她父亲那样忙得满头大汗，究竟是想制造什么了——他想钉一个画架。

时间散尽，他犹想重新钉一个画架给自己。

后山聚落，雨中的楼屋。她父亲独自住在二楼，她母亲独自住在一楼；晚年之时，他们不对彼此说话。他们一个愈来愈像鸟，一个愈来愈像兽。她想起自己回去寻找黑嘴，但黑嘴不在那里。她突然明白，如果一个执念，居然是能跨过好几个生命，遗传下去——就像好黑嘴和它们那些好祖先一样；它们像各自在海面上漂摇的小船，都能接受，都能理解从阒暗的远处传来的信息——那么她不知道：启始于一幅不存在的空画布的，她的漂摇亲人，他们共同的执念，若有的话，会是什么？

她去想象；她无能为力地想象自己的父亲，坐在阒黑的厅堂里，颤巍巍伸出手，就着不平不稳的画架，去画一幅画。一幅他一笔、一刀，构思了近五十年的画。"我可以落笔了吗？"他犹疑着，对自己呼喊，"我真的可以落笔了吗？"

屋外，有人出生，有人死去。但那太漫长、太静默、太鬼祟、太猥琐了，没有人会愿意相信：他原来还在一场战争里。

母亲心中，浮现一个念头；那样确切，好像一开始就在了。如果可能的话，如果真的可能的话，母亲想回去那天——她父亲初次爬到她母亲身上的当天——去像一个到处撒钱的暴发户那样，在海岸、在山顶、在田野、在吊桥、在草地、在房外、在房里，沿途空抛一百幅空白的画布，让她那年轻的父亲随地取用。也许这样，那些能决定谁该得救的神鬼，就会饶了她，把她放回她原来该在的地方。

二月，天雨，摄氏十一度。

无论那原来该是在哪里，母亲确信，那都无法像现在这般冰冷。

十一年后，当他最后一次由大城返回山村时，在家门口，他看见她还仍裹着薄被，缩在沙发上。

那是一月里的一个星期天。天色大亮，城市放晴。他坐在阳台上，全程观看洪瀑般的暴雨，骤然殴击一座城市，又骤然隐匿无踪。眼前的空气突然澄澈，远近每一片屋顶发散着光。阳台下，早市的人声开始稀稀落落响起。甚至，天际线外，居然也有不明的鸟在悠哉啼叫。他低头，把身边一尊猫的骨灰坛，小心翼翼收进旅行袋里，提起旅行袋，走下楼。

午前，他在省、县道的交会处下长途公车。

他去临海小街上的面包店买一盒蛋糕，抢搭计程车，回到山村去。一入山就又下雨，下着绵远而仿佛无望停止的细雨。他在雨中、在山村厂区前下计程车，慢慢穿过田中小径、横过废弃的产业道路走回家。

他卸下背包，把蛋糕提到饭桌上。

"嘿，今天你生日，请你吃蛋糕。"他对她说。

喔——她问——我几岁了？

"满五十六了。"

喔。

"你有什么心愿啊？"

　　她坐到饭桌前，想了想。她许愿要记得所有的英文字母，因为煞车皮工厂的煞车皮料号，规矩是英文字母领头跑——什么"K95""H95"还是"M95"的——她每次去搬货时总闹不清楚，白白惹人讪笑。

　　他听了，问她："你不是已经在煞车皮工厂做了，多久？十一年了吧？"

　　差不多，怎样？

　　他摇摇头，说："不怎么样。"

　　他去撕一张日历纸，坐下，写好英文字母，用注音符号注明发音，说明几遍，交她背去。

　　隔着饭桌，他问她："你不是说再过两年就退了吗？"

　　她抬头，龟声说，两年是一段很长的"岁月"。

　　他笑了。"你学问真好。"他说。

　　你讲话小心，她说，今天我"诞辰"。

　　"那你还记得吗？"他问，"煞车皮工厂本来是塑料工厂。"

　　废话，怎么会忘？

　　他又问："那你还记得吗……"

　　她不耐烦了。她伸出左手，拉拉左耳，告诉他说你不要乱了，你脑袋有问题，记住的总之都不是我想听的。

　　他愣了愣，说那好吧我不吵你用功。

　　他呆坐着，看她对着一张日历纸喃喃自念，一边默默在心里运算两则数学问题。第一则很精简：他发现她疑似被人取笑了十一年，可是一次也没对他说起。第二则也很精简，他在想：

对做了近三十年女工的她而言，两年如何所以"是一段很长的岁月"。

两则都很精简，摆在一起时，却很怪异地，变成一道不易解的难题。

那时常是他对她的感觉。

"写一个字。"对面，她又开口说话了。

"嗯?"他说。

她翻盖手上的纸说："我背完了，你随便写一个字，我来认。"

他又撕下一张日历纸，提起笔，想了想。他在纸上画了个大大的"A"，拿起来，让她指认。

她看着。时间静静流失了，静静地，仿佛已过了她将所有字母全数记下那么久了。不，已经比那还要更久了；在那样漫长的时间里，所有字母一个一个通过她脑中，但她指认不出来，无法从口里发出那个可以定住一切的一个关键声响，最开始的那个声响。

良久，她拉拉左耳，红了脸，蛮不好意思，笑说："我忘光了。"

"没关系。"江放下纸，放下笔，也尝试笑着，对母亲说。

第五章 与猫演习

在最后一次回山村的前夜，江坐在斗室里，静听"他的"街坊，在摊位全数收起的幽暗市街里，摇着手电筒、爬着楼梯，到处叫唤。他们不烦张贴公告、不劳预先知会，在夜里，他们紧急动员，挨家挨户找人，要所有人都出门，去参加一场"防灾说明会"。

"快出门喔，所有人都在等了喔。"他们温和地邀请着。

所有人都在等了。那是一个让人无法抗拒的好理由。

江熄了灯，掩了窗，坐在书桌前，假装自己并不在场。书桌一角停驻着猫的骨灰坛。在如常有着夫妻口角与小小斗殴的市街一夜，江想象所有人走出各自的家门，穿过他惯走的那条马路，在那处广场上集合。广场边，是一幢旧卖场。那幢旧卖场仿佛日治时代就屹立在那里。那位年过半百的老板，惯常一边在柜台后吹着冷气，一边盯着监视荧幕，一边在脑中漂摇着战时的回忆——如果你去买一个大垃圾桶，他会悲凉地问你："你要储米？"

江知道，江知道；江知道每个人都有自己的难处，就像一头死去的猫，你想指给别人看，但它已经穿壁无踪，不再回来。

江明白，他真正的灾难，是他自己。

回到山村后，江仍把猫的骨灰坛，放在书桌一角，他每天坐在桌前，与它对望。他无法将它藏起，当作一个秘密；因为在多年以后，它已经自动虚弱得像是一则秘密了。

事实只是：曾经，在那座偌大的城市里，死了一只流浪猫。

事情发生在那家兽医院，最里面的那间房间。那是一间储藏室，里面堆放饲料、药品、空笼子。那是一间拘留室，寄养的、生病住院的各种宠物，都在一面笼墙里住着。那还是一间停尸间；他们把死去的动物，装在木箱里，摆在房里正中央一张旧木桌上，等待人来，做最后确认。

那是一个傍晚。江手插口袋，独自待在那里，看猫静静侧躺在木箱里。江不知道他们是怎么做到的——他们一定有什么特别的技术，可以让死去的猫软软垂闭双眼，身体屈成一个完美的弧形。

江刚刚在一张纸上签了名，那意谓隔天此时，江将最后一次回到这里，领取一尊猫的骨灰坛。

在那间房里，隔窗望去，江望见一段死巷。死巷邻接他人的厨房，在那个傍晚，他人继续各自的时间，升起各自的炉火。另一边，透过重重隔隔的玻璃，江觑透好几个无声的房间，人们也在各自忙碌着。

突然之间，好像大家都约好了似的，一起转身跑开了，只留下江一个人在这间房里，听着一墙的狗狂吠，看着木箱里的猫。

他们大概以为，江会需要一段时间，待在这间房里独自啜泣吧。

江试了一下，但哭不出来。他有点抱歉地看着猫，有点抱歉地隔着玻璃，看看大家。

"嘿，"江对猫说，"我们被留在这里了。"

嘿，在视角渐大的世界里死去，是什么感觉？江想问它。

江是在小巷里找到猫的，江看着它，在一辆小货车底，偏着头，大张双眼，不断转着圈。累极时，它会咕咚倒下，喘息着，但不片刻，它又挣扎站起，继续打转。

江蹲下观察一会，确定它是一只盲猫。

江转头看看小巷，如常的大城一日，巷口不时堵着错身不过的车辆。小巷一边是大楼地下停车场的出入口，另一边是围起的施工围篱。人们在拆除旧房舍，要改建成收费式露天停车场。

"我帮你看过了，"江对猫说，"没什么不同喔，你在，简单说，你还在一片连屋通街的巨大停车场里的，一辆违规停车的小货车底下。"

小巷底，连接一道更窄的防火巷，穿出防火巷，人们会撞进一条吃食街里。

江曾在那条防火巷里，看见两个熟人对面相逢，打招呼。

"去哪?"一个人问。

"去吃。"另一个人答。

他不说"去吃饭""去吃碗面""去吃点东西"，他说，"去吃"。那多像两匹好马儿在大草原上相逢，各自立定，任硕肥的野草搔着膘腹，撒欢唱喏:"去吃""去喝""去跑""去生"，那样地光亮舒快。

"所以，猫咪，你继续打转吧，寄食虫我，现在也要去吃了。"

江蹲着不动，看着那只盲猫。

从巷口晃进一个提着公事包的男人。男人站到江身后，随他的视线看向小货车底。

"三色猫，母的。"男人说。

江抬头看向男人。

"三色猫百分之九十九是母的。"男人补充说。

说完，男人撅着公事包，弯进防火巷里。

"好极了，"江目送男人，对猫说，"好极了。"猫咪，现在你——喔，对不起，是"妳"[1]——现在妳的性别已经被鉴定出来了；妳看，这个世界很不简单吧，如果妳继续打转下去，说不定我就会完全知道妳的身世了。

江站起身，四处望望，跑出巷口，回他的斗室里找出一个纸箱。江把猫抱出小货车底，放进纸箱里，把纸箱挤进停在巷里的摩托车踏板上。江发动摩托车。猫空张着眼，蹭着纸箱，一边打转，一边撒了一泡尿。

江抬眼望向巷口，正午的阳光吃掉所有事物的影子。

"猫咪。猜三次——猜我们现在要去哪里？"江说。

"啊？"江看看猫。对了，真聪明，一次就猜对了；我们现在要去的地方，就叫"医院"。

从那天起，有无数次，江从斗室里抱出猫，骑摩托车，载猫去看兽医。

江当时的斗室，原先是房东家的厨房。斗室里，挨挤着一字排开，有水槽、料理台，还有一个原先用来杵放瓦斯桶的坑

---

1 妳：即"你"，中国台湾地区用此字。

洞。每天晚上，江躺在铁床上，盯着那黑黑的坑洞直瞧。看着斑蚊、蜘蛛，还有一些他怎么也叫不出名字的昆虫弟兄，在里面竞逐它们不被理解的宇宙。

在那样江并不理解的宇宙左近，江每晚都失眠。

总在天未亮时，江会出门，走进一所大学里，坐在大学里的一口人工湖边，呆看黑夜。湖水总也平静无语。在某个特定的时刻，大学里某个不知设在何处的定时器，会将环湖的路灯全数切熄。江抬起头，仰望远处枝丫，会看见每次程度不一的熹微透露过来——夏令时晕红一点，冬令时，则苍白一些。然而，无论熹微程度如何，当江收回视线，平视湖面时，江总会看见林子里、小径上、临湖的骑楼底下，任一处有光无光的所在，到处都挤满了老去程度不一的人们。

老人家们做着种种奇特的举动——有人拚命用背撞一棵树；有人坐在栏杆上猛击自己的膝盖；有人半蹲着像要褪皮的蛇一样双掌狂磨自己的脸；有人扳胳膊；有人缩肚皮；有人腿架在铁椅上；有人赤脚来来回回在一道铺满碎石的小路上奔跑。江低头离开，暗自发誓一定要分明记清这没有人喊痛的地方。但江每次都失败。一走回斗室，他就倒地不醒，什么都不想记得了。

只是，一无例外地总在午前，当斗室醒过来时，江也会跟着醒过来。他张开眼，看见四墙乳白色的方形瓷砖，从接隙处排出黏浊的汗，那就像一名在厨房里做菜做了一辈子的厨师，魂魄依旧牵留斗室里，日日煎煮着空气一般。江彼时拥有两扇窗了。其中一扇，贴近隔壁一幢二十层高的大楼，每日午前，大楼的冷却系统轰一声由顶至底发散热霾，那像一声感叹。

"大家都出门了啊。"大楼像在这样说。

江于是起身，拿起一条大浴巾，捡回他的救援行动。在猫沙盆里、在猫提笼里、在瓦斯坑洞里，在混乱的斗室里任何一个可能隐蔽的所在，江在大城五楼的高度，到处觅捕那只被他关起来的流浪猫。

"三色猫，去医院了。"他呼唤着。

江找到它了。猫蹲在一堆书后面，警戒地盯着江。猫的眼睛已经稍能视物了。无数次就医，它被无数支针筒、无数袋点滴注射进大量的液体，所以它现在看起来，像一只活的水袋。江双手张开大浴巾，逼向这只水袋。江要用浴巾擒住它，以防被它咬伤。江要把这只总是全力抵抗的水袋抱进提笼里，送去就医，直到那位兽医宣告这只水袋好啦已经是只健康的猫了。

江骑着摩托车，车踏板放着猫提笼。晴天雨天，午后傍晚，他扬扬长长穿梭过一片街区的各式光影，去到兽医院，再穿梭过同一片街区，骑回来。猫蹲在提笼里，始终戒备着。江怀疑，它会不会也想着——我滚进迷宫了，在我张眼能够识物时，我就已经陷在这往往返返永无终止的迷宫里了。然后是这个人类，他还把那条大浴巾仔细折好收进行李箱里，他以为自己在做什么？我们难道是要去海边玩吗？他知不知道，寒潮在我体内，当那些药液在我的血管里流窜时，我别无去路只能用自己的体温慢慢温热它们呢？

　　兽医院的诊疗台靠着玻璃窗。窗内的房间，天花板上挂满了灯，灯下摆着一张空空的铁床；那是兽医院的手术室。手术室再过去的房间，隔着玻璃，江看见好几只猫、狗，由人架着，在剃毛、修趾甲；那是兽医院的美容室。美容室再过去，最里面，是那间江当时看不清是用来做什么的房间。

　　狭长的、隧道一般的兽医院。江在想这样的房间配置是什么道理——结果，每只高高兴兴来美容的好猫好狗，都必须路过手术室。

　　"看样子是病毒感染的关系。"兽医突然说话。

　　"嗯？"江说。

　　"病毒感染，侵入它的中枢神经，破坏它的平衡感，所以它会一直转圈圈，眼睛也看不见。"

　　"嗯。所以……"

　　"是什么病毒要再化验。不过看样子，应该救得活；不过，眼睛大概治不好。"

　　"啊？什么意思？"

　　江一下子陷入事态严重性的位阶次序中，弄不明白兽医的意思。怎么会，江想，怎么会你连它的命都救得活，却没办法让它恢复视力？在同一场疾病中，你可以摆平看不见的、真正致命的环节，却治不好一双任谁都知道长在哪的眼睛？好奇怪。

　　好奇怪的房间配置。好奇怪的医术发展。好奇怪的世界。

　　最最奇怪的是：兽医的话原来一开始就说反了；在无数

次看诊、无数管针药后，兽医治好了猫的眼睛，只是，猫也死掉了。

好奇怪。

江纳罕着，看着屈身在木盒里的猫。

他看着她，开始想象遗忘。想象在脑海中，每当他想起她时，那如被刷子次次刷淡的画面。

江首先不会记得在斗室里，当他倒地不醒，什么都不想记得时，他会感觉她蹭到他脚边取暖，然后在一切都醒过来前先起身，跑开，躲藏。

那样固执的一只猫。

江不会记得自己曾用乒乓球、童军绳、绒毛鼠，各式各样的小道具，测试她的眼睛。

"别玩了。我看见了。"她的表情，总像在这样说。

江不会记得，曾有一段时间，他真的相信，有朝一日，她会真的完全准备好了。那时，他会将她放回那个没有苦痛的地方。

是啊，在那里，没有人会喊痛。那里的光线冬夏分明；他们早点到，晚点到，像前赴一场会为期甚久的嘉年华，所以不需要着急。他们那样把伞藏挂在矮树丛里，准备下雨时找出来用。他们那样拖来自家的桌椅，把树林布置成厅室。他们还在骑楼柱角贴两面谜，无论从哪一方走过来，读到的，是谜题，也是另一方的谜底。他们于是没有疑惑。他们喂养所有生物。

江想象她在那里生活的样子。

江接着不会记得，他不该那样蛮横求全的。因为在那样的地方生活，带点残缺，是自然的、是可以被原谅的。她可以视力不佳，那无伤。

真的真的，那比因为注射过多药液，以致脏器僵硬，躺在这样一口木箱里，躺在这样一间群狗乱吠的房里，在她死后还那样无以阻止地持续脱水、持续在江眼前慢慢变瘦好太多了。

江想象自己终于不会记得，在最后一次重回山村的那天，他打心底愿意假设万事自有一定的道理。万事，即便是屠宰这项行为，也会自然演分成夏令与冬令之别。那时，江搬迁到旧市场区三楼的一间斗室里。每天清晨，会有一位猪肉摊的先生来摆开摊位，开始持刀剁肉骨，那声音就像剁开江的头盖骨一样，把他唤醒。一年以后江确定了，屠夫先生开剁肉骨的时间，夏天总是四点半，冬天总是五点半。

江会起来，出门，自动坐在阳台上，看天渐渐亮起，早市开始，人群聚来。

一年之中，常常他一睁开眼就会自动找猫，"三色猫，去医院了。"他这样说。他一下子想不起来：时间、场所都早被换过了；他的拉长拉缓直到死亡的救援行动，早就宣告结束了。

但他还是找到猫了。在桌上一角，猫挫骨扬灰，被封存在一个冻结般大理石罐里，似乎所有它承接过的寒潮，如今才一起向外需索温度。那天，在他最后一次重回山村的那天，他与它，一起坐在阳台上等天亮。

"三色猫，退回去好吗?"他还如此悄悄地对石罐说。他说我们不要再去经历那些。我们要一起快乐地回想起那最明确的、第一次的救援行动。在那条防火巷外，我带着妳冲出巷口，像冲出一面光亮的大草原;"去吃""去喝""去跑""去生"，"去救援""去许诺"，我们会心无旁顾去做理所应为之事，丝毫不觉有异有愧。

他们冲杀进一家小小的兽医院，排开候诊的猫儿、狗儿、鼠儿、兔儿，和它们的主人们。"急诊。"一位法相庄严的兽医，对着一路鼎沸的声响说明，安抚着主人们。

兽医接过他手中一个渗着尿的纸箱，放在诊疗台上，轻轻把她抱了出来。

安全了喔，三色猫。他在心里对她说安全了喔——你一定会复原的。

那时，他真的以为自己轻盈如蝶，重新开启了时间。

在自信能连这都遗忘前，他会一直带着猫的骨灰坛。他明白自己。他明白，一直以来，他是如此需要他者生命的残余，在自己的心里，组装成一场又一场世故的游戏。

他回到山村了。他走出父亲的旧屋，走过树荫底。他看见黑嘴不在了、祖母不在了、小货车们都不在了，连山村的孩子们，也都不再能与他彼此见证了。他于是闭起眼，摸瞎回到叔叔的楼房前。他敲那厚重的窗，他拍那厚重的门，他说偌黑偌壮的阿叔啊借柄锄和一小片土来我玩玩吧。

"阿叔啊，"他闭眼微笑，在心里对他说，"阿叔啊，你半个母亲的双眼留在我心中，日日瞪视目盲的我。"

他荷着锄，哼着歌，去叔叔划给他的一方废地，去那里掘一口水塘。

世界也瞎了。他放下锄，盘腿坐在土地上，拍拍手，看山脊啃去太阳。

置身在田野之上——真正一屁股坐在泥土地上，倚着一块沉铁、一根朽木，看夕阳落尽，原来是这样的感觉。

他也想起身，也想满地奔跑了。

他想起身奔跑，但他坐着不动。连番薯都能种死的废农他，与一地奄奄一息的他的作物共坐着。因为他的微小，因为他的枯槁，他终于能够弃时间如遗，他会骄傲地说：他知道各处远方确切的名称，他于是与世上第一个行使农耕的人类，有着小小的不同。

小小的不同，一代一代，历史想必就是这样不断前进，或者倒退的。

亘古以来，时间想必就是这样颟顸了小小几步的。

江让往后的日子平顺晕开。

寄居在自己"故乡"的日子里，江挖了一口水塘，修好了一辆儿童用三轮车、两辆脚踏车、一具电风扇、一架除湿机。江在等待，等待那种立家安命的感觉，在他眼前升起。如此，隔着窗，他会与"他的山村""他的村人"——如果他能如此僭越地称呼的话——一起终老下去。

在他没有发觉的时候，山村史上最长的旱季，持续向前方的日子挺进。他没有发觉，是因为他总醒着。他总见山村细雨，做贼一般，在午夜光临，在天亮前撤去。在雨水散佚在村人干枯的脚步底后，在一切终于全都无力撼摇的时候，他犹坐在窗前，欣喜地看大树下，他所摆设的那辆儿童用三轮车，沐着晶晶莹莹的水光。他在等待，等待有个孩子会去发现那辆车。当时间依旧运转而一切还无以被声张的时候，他的父母将他托给世界，而他将自己托给那辆车，那样真正像个孩子，去消磨他自己的时间。

他骑着自己所修复的脚踏车，满山遍野闯。他期待有天，在他拨却层层树丛后，他会遇见他，一个山村过往的老人家，隐匿在荒地深处，两眼冥茫。他或许犹靠着自己的冰箱；他的腰上或许犹裹着伤；他或许会问江——山村老人总也这样问——你祖父是谁？江会说，我忘了。

他们约定好不要彼此记忆。他们只是一同坐在树丛里，像坐在他们各自独居的屋里。他们都是其中一员，他们是那些以屋外的全世界为边境，终其一生，日日回去那间小小的熟悉的流放所里的那些人。他们在自己的仅有的熟悉事景中流放，张看窗外，他们宣称：可以全心全意别无疑虑地"爱"屋外那一切的人，一定拥有一颗强于常人数百万倍的心脏。终他们一生，他们长不成那样的器官。

那一切就真的只是时间的问题：在他们短促而潦草的一生

中，他们学不会，该如何在一个苍老而满布亡灵的世界里，安然地活着。

他于是回去，日日回去父亲留下的屋里，去探视他的母亲。在母亲哀愁的晚年里，他以言语、以行动说服她，请她将他当成一个无伤的废人，如此，在光影散尽的时候，他可以轻轻屏上他的房门，坐在他的书桌前，找出他的废纸堆。没有人会回来；没有人会像游万忠那样从故事里跑回来。他在写同一行字；重复写一个相似的句子。唉，又脱皮了，不，不过是糨糊，不过是绷带，不必悲伤。无法悲伤。那时，就他寥寥记忆所及，那些吸饱雨水的鞋袜，那些枝叶覆满斑马虫的杜鹃花，那头被辗碎的土狗。鞋印，车轨，血迹。在那一片刻，无数看不见的直线从山村投向远处那看不见的世界，再从远处掷回，他眼前开展一串明亮辉煌的光谱，永昼一般。永昼一般，他片刻的错觉。

他抬眼，看山村贼般的细雨降临。在父亲的屋里，鼠与蛙开始由各个壁窍里钻出。一屋子喧嚣。父亲所建的屋子，终于如一方小舟，无光影的小舟，在海上倾摇。

仿佛是在海面上，他重新学习与母亲相处。在没有蛇需要他去谋杀的夜里，母亲也会轻轻走到他的书桌前，问他："你又在干什么呀？"

"我还在做梦。"他会说——我还在想办法安置自己的少年时代。

"好，你继续做梦吧，我要去睡觉了。"

"好，你睡吧。"他说。

她要回去她那堆满药罐的房间，去躺下，也去做一个他并不理解的梦。

在飘摇的光影里她向他走来。她愈来愈矮、愈来愈瘦，愈看愈像一只小小的人偶。他望着她，问她："你头发是不是该整理整理了？"

"咋，"她挥挥手，她说，"我头发早就不会长了。"

她头发早就不长了；在他眼前，她的头发纠结成一团，她的牙齿一根根疏开，那样终于成了一个他熟悉的山村老人。她挥挥手；她的手势令他想起雨中的邮差——他们高举着手，朝各家门口投掷信件；那些封实了、尚未揭露的，但早就已经写定了的讯息。

他明白，无论那讯息是什么，他最后必得举起手迎接。

终于，戴着一顶老旧假发般的母亲又走回来了。她轻轻拿着几张纸，轻轻告诉他："把你名字写上去，我需要一个见证人。"

"怎么回事？"他问。他展开纸，发现是手术同意书。

母亲给他看她左耳后两颗小小的肿瘤。

他想象由他所在的位置到那幢大医院的路程；那排挂号柜台、那道长廊、那些蜂房般的诊疗室。他想起，如果那真是可能的——一员膝盖以下全部截除的伤兵，夜夜还会回忆起自己脚趾痛痒的感觉，那么，在母亲身旁，当他闭上眼，闻见腐朽的植物气味，听见满耳海滨的低低风响，他的疯狂，大约尚称不上是致命的。

　　他想象母亲独自涉过那一切，而他让自己理所当然地一点也没察觉。

　　他没有察觉，眼前这个人，有生以来，几乎从未离开过这片滨海地区；她只在那样反复周折的路程中，耗尽自己所有时间。然后，她那样拉拉左耳，把一切话语浓缩成寒简的短句，像把千言万语折成一封小小的信。

　　"我需要一个见证人。"她交过信，对自己的儿子，他，这样简短地说明。

　　他想着。

　　他注视着她。

　　他对她说："我知道了。"

第六章　去海边

他们总在滨海公路边下公车。他由母亲领着，开始走一小时山路。如果，在远方，他能看见山壁上一块突起如牛头的大岩，如果他能看见大岩底下，一间小小的福德祠，他就会看见后山聚落，楼屋静立在细雨中。

母亲带他回后山了。母亲背着背包，背包里满装她所能集结的礼物——一挂面、一盒鸡肉、一件毛衣等等。她牵着她唯一的儿子，走向她父亲所建的屋子。总也如此的，她未进门就能看见她，她的犹自不断抽长的大母亲，对着大门独自静静坐着。

孩提时代，大母亲住在海边。她穿着短衫短裤，光着头顶，照着烈日，在滩上追海潮。那样开阔，对岸不见人，只有海、永远只有海的地方。在那里、在那时，所有呼喊，永远只能像耳语般轻柔。耳语中，她独自面海，看一头搁浅的鲸，侧着身躯，横挡在她眼前。三天后它还在那里。五天后它还在那里。十五天后它原地消失了。她又看见海。三十天后有同伴走来，送她一颗晶亮的鱼牙，"给你玩，不可以吞进肚子里喔。"她听见同伴在她耳边提醒她。

她起身，回看她的同伴们。

她看她们一一走入石屋里，一一走回她们各自的家。

她们一一从此不再走回她身边。她不明白石屋里究竟怎么了。

直到有一天，她也被叫回家了。她也坐进一顶轿，行舟一般晃荡上田野、上草地、上山区。她明白，她终于也如她们一样，都"嫁人"去了。

那夜是他们的新婚之夜。她看他用一块布磨一把刀。他一语不发，满室于是只存那样不断的刻磨声。最后，他停了，他走向她，爬上她。她砰地躺倒，看他像只登山的小猴儿那样爬上她。先是她的头。再是她的脖子。她的胸乳。他一路滑下她的肚腹。他颤抖着，不断提醒她："不要害怕。不要害怕。不要害怕。"

呵呵呵，她笑着。她用被捏住的嘴笑着，她在嘴里轻柔地告诉他，不要急。

不要急：那些硕大而搁浅的身躯，那些海岸上，持刀靠近的人影，那三天、五天、十五天、三十天后，那想必需要极长极缓的时间才能完全消解，所以不必那样着急。

她以为她"嫁人"后，就要消失在这世上了，然而她没有。她还在。她于是又明白了。她于是继续进食，就像她在滨海石屋里常见的那样——那些孩子、那些青年、那些老者，在一室阒黑中，他们或贴墙、或靠桌，嘴里吃着，手里捧着，眼里望着饭桌。他们到了将死前一夜都会从床榻爬起，热切地舔着粥盆。

她于是醒时吃着，睡时消化着，做她该做的事，那样静心等待着。

总也如此的。

隔壁有人正在死去。一位老太太。验尸的人都被唤来了，子女们都围上了，但老太太倒抽一口气，突然在床榻上醒了。老太太病着、痛着，爬不起身，只以满肚子怨气，睁着眼、滚着泪，——辱骂眼前所有人——

"你是一只苍蝇，快去茶杯口站着。"

"你手脚都没长齐，快滚回我的肚子里来。"

"你，去，开口前先把牙刷一刷……"

那些声音、那些呼喊，隔着墙、绕过雨，在大母亲耳边轻轻响着。

"呵呵，"大母亲笑说，"她饿了。快把粥盆让给她啊。"

大母亲想起身，想去自己的大灶边找吃食，然而她刚移动脚指头，就不小心睡了。当她再醒来，她看见一个陌生的年轻人，站在厅堂里，弯着腰，翻拣着橱柜。

年轻人有一张白净而稚气的脸，一双未经世事的手。他嘴里咬着一把刀，在透亮的门窗前、在满聚人群的墙壁后，神灵一般独自搜寻着。

"呵呵，"大母亲又明白了。她伸出手，对他招了招："我在这里啊。"

他转头，看见她，吓了一跳。

他原先以为她是一架橱子，没想到她居然会动。

"我在这里啊。"她说。

"傻的？"他问自己。

他镇定了。他拿下刀，两手交替丢着。他欺向她，而大母亲依旧微笑着。

"慢慢来。慢慢来。"她说。

如果有人在那时走回，就像江的母亲那样，从隔邻的丧礼中走回，他们会一起看见大母亲独自笑着，袒胸露乳坐在厅堂里。大母亲以为有人终于要来接她走了，然而她还在。母亲帮她掩上衣服，坐到她身边陪伴她。母亲轻轻对她说，那个叫"抢劫"，懂吧，以后要大声呼救，明白吗？

雨中，母亲看见自己的父亲，还戴着渔夫帽，还搔腮苦吟着，踱过大门口。他在苦苦回忆把握了良久良久的灵感。糟糕得很，他发现自己就快忘光了——一笔、一笔都早有完整构图的一幅画，一刀、一刀在他脑中被消蚀掉。

他有天醒来，发现自己找到那幅空画布了。

江在雨中的楼屋里漫游。江看见外婆又睡着了。江知道外婆醒来后，问他的第一句话会是："饿了吗？"外婆总也这样问。

外婆的声音，总充盈着光亮的欢愉。

也许，那是因为她在问一个自觉唯一该问的问题。

也许，偌长的一生，如果都能那样专注地等待消失，那么，在这个世界上，就没有什么是必须担忧，必须惧怕的了。

当然，当时的江，并不懂得那些。

开初，在江的祖厝里。江六岁了。

江张开眼睛、打开耳朵，开始记忆这个世界。

世界骨碌碌转动，他们如常传说各种事态——说是南方大地震，熔浆喷上地表十层楼高。说是某位大力士表演卡车过身，结果在热腾腾的柏油路上被辗成薄饼（"很不好处理啊。"到场的员警表示）。说是在那如常总有突梯灾厄的过往一年，岛上居民疯狂缠绞，接续降生四十五万名婴儿。每个听说了的人，都歪过头，想象四十五万个新生儿在庭埕前列队呼喊的景象。江的母亲回身，拉拉左耳，微笑着，问自己："该拿什么养他们呢？"

所有一切，江都不理不睬。江只是专心蹲了一整年。

彼时，在家人共居的祖厝里，有一道长廊笔直横亘，被各个房间包围；虽是家人每天必经的通道，但长廊上没有窗户、没有灯光。长廊边，贴墙放着一具储积备用米的大米缸。米缸口压着一块木板，和一颗大石头。江就靠墙蹲着，把耳朵贴在凉凉的米缸上。米缸里，有几串芭蕉，那是江的祖父随手扔进去的。江就静静听着那几串蕉，等待它们被米给闷黄。

江的父亲经过了；母亲经过了。叔叔经过了；婶婶经过了……谁也没来打扰江。他们各有各的心思与挂虑，挥着汗，急着出门，投进日子里。最后，江的祖父祖母一同打起门帘，走出卧房，走进长廊里。

祖父看看江，拍拍江的头，对他说："还早咧。"

人们初见江的祖父祖母，多不相信他们是夫妻。祖父十分干瘦，祖母则高大而粗壮；两人齐步走在田埂时，祖父随时要被挤落水稻田。偏偏，两人都见事认真，谁也不肯迁就谁，总像无时无刻不在斗气较力。祖父一口气插三行秧苗不起身，好容易站直，揉揉腰眼，说什么祖母已经纵十横十治妥另一块田，此刻正往家里赶。祖母在家后院整好的家禽围篱，祖父也特意踱上前，伸手摇撼，硬要找出不牢靠的关节。日久天长比试下来，总是祖父吃亏的多。祖父气不过时，看祖母黝黑的团团脸，也只能叨念几句歹妻无可驯的村骂，摸摸鼻子走开。这副萧索颓唐的模样被人见多了，人们又都打心眼底相信祖父祖母真是夫妻了——"不然还能是什么？"

村里又有人要翻旧厝，起新楼，那是赚现钱的机会。大清早，祖父擎起斗笠，祖母也早在斗笠上加罩头巾，两人推挤出卧室，到厨房竞食似的各扒一碗粥，抢着出门往工地挑砖。那天，天气溽热，出了——祖母心中——草海桐的地域才会有的大太阳。正中午，新楼主人提一铝壶温水，一篓瓷碗，喊大家歇息。祖母三步两步窜下未装栏杆的楼梯，抢先倒了一碗水，喝将起来。所有人都下楼了，独不见祖父。祖母于是捧了一碗水，走到楼梯口喊他。

终于，祖父拖着步伐，像要下楼了，但走到楼梯口，又立定不动了。

"干什么？快下来啊。"祖母喊。

祖父不语，沉沉呼了一口气，缓缓坐在楼梯上，眯眼俯看祖母，颇不耐烦地朝她摆摆手，垂下头，一手支颐，又不动了。

祖母放下那碗水，走上楼，停在祖父跟前，捧起他的头，轻拍他的脸，不可置信盯着他瞧。

救护车到时，祖父已经没气了。

有人快手快脚在祖厝门口插上竹竿，放了铅桶。江的两位姑姑，轮值站在厅堂口，逢人入内就拉着手哭；因着对象，十次有三次硬是嚎成真的。人们偏过脑袋，寻些套语劝解；话套左了，也没人在乎，因为依着场合，十次有十次是终究要劝成真的。大家于是收了泪，捻香向灵堂。

　　灵堂上，祖父一双郁结的眼睛给放大了，框在相框里。那是他生平唯一一次舍得上照相馆，他也知道，照了的相，是要作遗照使的。耗损的时间与金钱同样令他快活不起来，于是，在他生平唯一一次照相的机会里，他双手撑在膝头，驼着背，瞪起红目，一贯正经地瞪进镜头里，像是要问："完了没？"灵堂下的人被他这么一问，忍俊不住，很想像往常一样，上前拍拍他的肩膀，牵拖几句风马牛不相及的笑话。

　　憋着笑，想起他真已过去了，赶忙插了香，别过身去，拉拉衣襟，活索活索——"这天气，真热啊——"

　　背转过身，亲人的头脸更热了。掩上门，几代人搬砖移柱而成的祖厝里，捧起碗，姑嫂叔伯共爨而食时，免不了要互咬几句耳语。他们费力转着心眼，拉住寻常的事头赋比兴。渐渐地，谁对谁都积了一肚子气，仿佛祖父再不下葬，谁都不能安生了。

　　这其中，唯有祖母是一语不多说的。她照着日常脚步，去巡田水，去探鸡笼，甚至是去上香祭拜。只是，她愈是不声不响，大家就愈关注她。

　　照这样下去，村老某说，事情是要发生的。他坐在树荫底，蒲扇一下一下招着风，世理人情都在他的举措中。

　　祖母怕吹夜风，晚上睡觉时总紧闭窗户，放下窗帘，只开面向长廊的门，整间房充满万金油的气味。祖母躺在通铺上，看汗一滴滴流过自己眼角。转过身去，久未新髹的灰墙上，一群蚂蚁横向搬运一只尸解的蟑螂，在祖母视线中，首先通过蟑螂右身第二只脚，再来是蟑螂的翅，再来是蟑螂的须……看着看着，祖母突然睡着了。但祖母睡眠浅，不片刻又突然转醒了。祖母于是生自己气，僵直躺平，努力想用意志力勾回睡眠。

其实，一屋子人都睡不安稳。透过垂下的门帘，祖母听见一屋子细碎的声响。各扇房门开开关关。有人朝储肥的尿桶里撒一泡尿。有人特意走到客厅讲两句话。有人摸到厨房煮面，原是只要煮给自己吃的，但煮着煮着，自觉过意不去，于是一碗煮成了一锅。那煮面的人，还挨个敲门，问人："吃不吃面？"房里好容易才睡着的人给吵醒了，按着门，捺着怒气，挥手直说："不要不要。"煮面人于是一人强灌一锅面，不知该生谁的气。

江躺在父亲母亲的房里，盯着天花板的灯泡傻笑，不时交替睁闭双眼，让灯泡的残影在眼前连缀闪烁。母亲照例扑到江面前，与江练习对话。

"等你长大了，你会孝顺妈妈吗？"母亲问。

江答："会。"

母亲问："等你娶太太了，你太太叫你不要理妈妈，怎么办？"

"我就打她。"江答。

江与母亲低低嬉笑，彼此打闹。

江的父亲翻翻白眼，在床板上转过身去，不理会他们。那年，父亲三十四岁；时间正在秘密倒数——只剩寥寥四年，他就将在意外中惨死。但他并不知情。没有人知情。那一夜，祖父的长子他，少年一般将不快意的事背在身后，张眼听着。他听着一家子碰撞一整夜，直到天将亮。天将亮时，僵直躺平的江的祖母，终于松开鼻骨，开始鼓动小小的鼾声，愈来愈大，愈来愈响。

"我睡着了吗？"祖母问自己。

她聆听片刻，确认那巨浪般难挡的声波，的确是自己发出的。

"嗯，是我睡着了，那很好。"祖母说。

她松开全身，全心全意跌进睡眠里。

"她睡着了……"父亲沉下心。

第二天，江的父亲抓着蓬松的乱发，江的叔叔手臂夹着一本记事本，两人一起快步通过长廊，各骑一辆脚踏车，往法师家问事。门帘后，江的祖母老早醒了。窗帘一透光，仿佛就有一双手，不断轮流轻拍她的脸颊，直到将她拍醒为止。祖母睁开眼睛，坐到床沿，拉开床头一方小柜，取一支烟，一盒火柴，点了火；左手插在里衣口袋里，右手拇指及食指捏着烟，三口两口接续不断吸那支烟。很快地，那支烟就折损了。祖母站在地上，将烟蒂踩熄，微咳着，转身，又回床沿呆坐了很久。祖母摩摩脸，又从另一方小柜，抓把无花果塞在嘴里，咀嚼着，起身，掀开门帘，走出她多橱柜的老人的卧房，走进长廊里，往家人聚集的饭桌走去。

到江的祖父出殡那天，村人相帮扶起灵柩。祖父一族老小由长绳捆着，牵拖着往海滨的坟埔奔去。也没人必要江的祖母去，也没人叫她切不可去，但大家是乐见祖母同跟了去的。大家乐见哀矜的未亡人，在临落圹时抢上去扑坟恸哭；在那深受期许的一刻，众人扶也好，劝也好，杂侧的话语有用无益也罢，都无妨，只是仿佛不如此，不能让大家怒气冲冲地将人长埋于土，之后要再想起，都平静而满意了。

祖母跟了去了。祖母走在人群最末端，看着扶柩的队伍走到海边，人们一面高喊"借光"，一面就直直踏上别人的墓冢，向坟埔深处冲撞进去。祖母没有跟上去，只呆立坟埔口，遥望海，像与什么对峙。

坟埔深处，法师配了土，点了主，开了光，祖母还站在远方不动。

法师分送了五谷子，尽迟缓着手势，将铁钉和铜板五方都撒遍了，都问遍了，祖母还是一声不吭。

法师惶疑着，瞥眼看执事的村老。

村老昂头，别过脸去。

法师闷了，喃喃自语。好半晌，他放开架势，举起手来，放尽力气大喊一声："进喔。发喔。"跪着的众人巴不得这一声喊，纷纷站起，拍拍身上的尘土，错错落落应答了起来。

"进喔……发喔……"

"好喔……"

祖母听了，毫不服输，起步自往家里走去。

村老走出坟埔，伫立一会，径望向海；望久了，海就变得腆黑而巨大，压在视线上。海的深处，有艘大船僵挺不动。海的边界，一群人在弄着潮，在合力牵着网。他们的腿胫在海水的洗涤下，反射新洁的光线，仿佛他们都是昨日才从海底匍伏登岸。仿佛，无论多少同伴失败了，搁浅了，这群坚韧的讨海人，都还是会强挺着新新的胫骨抢滩。村老心底，曾有一片刻，是浸润在未能为故人后事尽责的遗憾，与——对同样老去的自己的——微微自怜中，但他太老熟了，他知道怎样储存万种感情，于是使出来时都可乱真。他吸口气，朝海的方向啐了一口唾液，踽踽走远。

远处，大船向海倾斜了一时。

几个月后，村老也死了。他去参加一位他并不熟识的后辈的婚宴，他把场面闹得极其欢悦，而他自己也喝得大醉。他与每个他认识不认识的人挥手作别，回到他独居的家，还带着开怀的笑，一头栽到床铺上熟睡，从此不再在这个人世间醒来。村人都一致推崇，认定他确是一位有福气的人。

为了送村老一程，江的祖母重回海边的坟埔地。她愈发相信那是属于草海桐的地域——它垂下厚厚叶瓣，尽量躲避炙人的日光，仿佛谦懦与隐退才是它活得最好的状态，居然也有这样的生物。

祖母面海，坐在一根浮木上。浮木早不漂浮了，它被一岸泥石沙砾牢牢嵌住。孔隙中，挤生佛甲草与滨防风，仿佛正汲取世上唯一残存的阴影，也于是，浮木及其四周，成了世上唯一的绿洲。灰浊的海水吐着白泡，拍着岸，远方有艘大船被困在海上，一动不动。也许它正努力游着，但祖母不敢确定，就像眼前的海浪声，不知为什么，听来总像在脑后遥远的地方轻轻鼓动着一般。

"回去吧。"在那鼓动与催眠的声响中，祖母揉揉眼，对自己说。

但她依旧坐着不动。

远处，大船向海又倾斜了一时。

在海风中，在烈日下，在默默看着大船向海靠近的时间里，祖母原地老去。

她太老了，老到忘记自己也已经死了；她太累了，累到不能跟上那些又来送葬的队伍，发现他们这次埋葬的终于是她。祖母坐着浮木，去遥遥想他，去确定对他的印象又淡薄了些，似乎可以在自己彻底朽坏之前就完全忘记他了；这么一想，真的像在竞赛似的。

她依稀记得，这个人，穿着过大的西装，出现在她父亲的丧礼上，一面挥手拭汗，一面见了人就咧嘴笑。那不是该笑的场合，但他没办法，因为一屋子都是他并不深识的人，他没办法板起脸来。原是很天真的一个人啊——祖母烦躁地想着，又对自己的烦躁觉得好笑了——因为很天真，所以无时不受挫负气；一受挫负气，就只对她和自己发作。这个人，到老了还为难自己，暗自闷了一肚子别扭，很费劲似的，但似乎从来就没有人真正留意过他。

等待彻底坏朽，江的祖母，在死后还不断老去。她独自走回来，她忘了祖厝早已分拆了，她独自坐在那业已不存在的她的旧卧房的床沿，看着那房间里，不存在的橱柜，一橱一柜都装满了不存在的东西。她确实听见人声，她走出去，倚在厅堂口，看庭埕上，送葬的人群走回来。她看见将满十一岁的江走回来。

他长得好快啊，她想着。

很快，他已经穿上制服、背着书包去上学了。他拿着一个纸圆盘冲进屋，喊着："奶奶你看我做了一个时钟。"他带着一本图画书慢慢踱进屋里，叨叨跟她解释说："这个虫它有一双大眼睛没有嘴巴因为它在壳里面不用吃东西但是如果它嘴巴长出来它就要咬破壳爬出来但是这时候它就要赶快把它的眼睛弄瞎因为外面太阳太大了它会受伤但是如果它不爬出来它会在壳里面饿死……"

"跟草海桐一样，对吧？"她随口答。

但他并没有听见。

很快，他跟一屋子人都没话说了。他抱着电话，互相辱骂似的，跟不知道是谁辩论"究竟是人怎么获得他的脚还是人怎么使用他的脚比较重要"等等严重的问题。很快，他也不打电话了。看看他，他也刚刚埋葬了自己的父亲。

她转过身，看向黑幽幽的厅堂。她想着，在那很长的一段时间里，他们去聚会，他们去回忆，他们去对峙，他们去争执，他们去等待另一个去海边的日子，在一个艳阳天里淌着汗，安静地走着。并且，各人顽强地想着各人的心事，或者别人的生活。当他们快步通过长廊，冲鼻闻见一阵熟烂沉郁的气味时，他们会不会捏着鼻子想："什么怪味道？"

什么怪味道。祖母看着庭埕前帷幕撤去，几张桌子立起，送葬回来的人们，在那里聚餐。库钱、银纸都烧尽了，门前的香炉余留焦黑的火灰。从她站立的地方望去，这山间小小村落还罩在无丝无缝的大太阳下。田亩上，杂草堆向上笔直升起烟雾。那样四处都有火光的寻常一日。她知道，再过片刻，庭埕上就又热闹了。那些围着桌子吃三角肉的人们，还把最后一点哀伤的表情挂在脸上，其实，比起之前的每一日，每个人的心情，都早已舒畅多了，仿佛一卸下重担，新生的日子就要开始。

她独自走进长廊里，黑暗中，迎面撞上一对晶亮亮的小眼睛。那是江，还是江，正向七岁迈进的江。江正抚着米缸，抬头对她笑。

片刻，她蹲下，问江："你在干什么？"

"香蕉，"江通知她，"熟了呦。"

最后，在祖厝拆除后，叔叔原地建起的楼房里，二十一岁的江，代替自己的父亲，参加自己祖母的守灵夜。

他在叔叔的饭厅里，靠墙静静坐着。

他转头，看见祖母曾在的那个房间，已经卷席叠床，收拾得很干净了。

清早，叔叔必定在手臂夹着一本记事本，抓抓摸摸，扶着梯栏走下楼。叔叔必定想着要去饭厅旁、他母亲的房里，想如以往三千两百八十七个日子那样，去找到那身躯手腕上的那个塑胶口，掀开那口，往里面注几管药液。然后，他会翻开笔记本，在笔记本他规划好的表格上打一个小勾勾。然后他会代母亲翻转翻转那身躯。然后想办法跟母亲说上几句话——如果他还能说什么的话。然后他会上楼，放好笔记本。然后他会再下楼。然后，也许，他想着，他应该再将楼房打扫一遍——拖拖地，擦擦门窗，抹消自己的手印与足迹。

然而，一走进母亲的房里，他就知道程序必须更动了。

他只花不到一分钟，就知道过往的三千两百八十七个日子，已经结束了。

他踩着拖鞋，走进客厅里，坐在沙发上，看屋外。窗玻璃极其厚重，他看见庭埕无声，熹微无色。

他翻开茶几的玻璃垫，开始理好底下的纸张，之中有一张，已经写好所有人的电话了。

他想起那天，祖厝将拆，他将原地另起新楼。趁一个午后，他把祖厝所余，全搬上庭埕整理。他的母亲，坐在她自己的箱笼边，静看那一切发生。他知道她不会生气，因为当时的她，并不在她所坐的那个位置上。他想起那天，就在他现在坐的沙发前，他母亲滑了一跤，躺了一天，直到傍晚才被扶起。他知道，她是在一早所有人都出门后就滑倒的了，她于是是故意不叫嚷的，她生自己气，她以为她能在当日死前独自奋力站起，但她失败了。当他回来扶起她时，她半身火热，半身冰凉，鼻孔泌血。她认不得人，不记得发生过什么，只抬起腿往外赶，要去屋外奔跑。

他拉着她，追着她，最后慢慢跟着她。

他手上拿着面纸，他对她喊说，母亲你鼻孔我看看啊……

母亲你鼻孔……

母亲你……

最后，连他自己都不明白自己在喊什么、为何要这样喊了。

在他的记忆里，充满了这种对于至亲之人的推挤与试探。如果他们没有反应，他就进一步，如果他们有反应，他就退一步。不过是方寸之间的进退罢了。没有人会同情他。连他自己，都并不同情自己。

他再次看向屋外，突然发现屋外变得好空旷。他摇摇头。他反而比较乐意——踏实地——去担忧那间尚由那架身躯占着的小小房间。那些床褥、那些枕头，那张床，他开始想象，也许他应该怎么处理。

很快就会忙乱起来的。在二十四小时之内，那些有着相似鼻型、相类眼廓的一整批人，就会在他的楼房里共聚了。他们会谈话。他们会听着。他们之中，其实没有人能完全弄明白谈话的始末——那里面只是如常交缠了许多死别、聚合、金钱与时间——他们只知道，恍惚之间，当他们稍一分心又回过神后，往事都已经在回忆里，一一被众人演习过了。

然后，或许，那进早被拆除的祖厝，还会在零余谈话里，浮现各个如今已不存在的角落。

然后，他们会谈论那些在守灵夜里，并不在场的人——活着的人，他的意思是。也许，他的大妹会再次说起自己的丈夫。她会怎么说呢？她会说啊，有件事情很有意思，就是说啊，她现在楼上的邻居，厕所老是渗水，滴进她家来。她去讲了好几回，邻居总不理睬。她于是再次上邻居家，用食指和中指戳着邻居家那主妇的鼻孔，倒推一头牛一般把那主妇推进厕所，锁上厕所门，把地板上每丝细缝都数给她看。数完后，才放那主妇出厕所。

她说，干完这事后，她就下楼，回家，好好洗了手，煮饭给儿子们吃。然后又出门，去医院找她丈夫。她丈夫因肺癌住院，又将动手术了。她在深夜离开医院，又赶回家探看。儿子们都睡下了，她也回自己房里，想躺一会。刚躺下没多久，楼上主妇，在她顶头，开始用塑胶拖鞋不断拍打自家地板，砰砰砰砰，规律极了，有恒极了。那样响了一整夜，但她已经无力再爬上去说她了。

然后，电话响起，响了好久都不停。她睁开眼，发现天已亮了。

她爬到客厅，捡起电话。

"原来就是那通电话啊。"她会对他说——原来就是那通你打给我的，通知我说我们的母亲已经走了的那通电话。

"每次他要开刀前都会出事喔。"她会以一种似乎预期自己的丈夫还能再开上一万次刀的表情，对她的妹妹说——上次是你要娶媳妇，这次是母亲过世了。

当她说完，他们所有人，该会短暂陷入一片死寂般的沉默。

那时，他必定会再次想起那天，他也换上了自己最好的衣服。他们走过那些水光淋漓的骑楼。他们一起讷讷站在一幢大酒楼前。他们分批被电梯带上八楼。他坐在餐桌前，看他的二妹忧忧郁郁地娶媳妇，看他的大妹快快乐乐地逢人便拉手报告，说是啦我丈夫得了肺癌，我回来看看就又要赶回去看他了。

他不知道当时的自己，脸上挂着什么样的表情。

他想着，她回来看大家，她又将回去看他。她在一个反复靠近的旅途上。所有人都喊她过来坐下，但她对每个人摆摆手。她迁迁回回绕过好几张餐桌，抢过服务生的盘子，迁迁回回绕回来，将盘子降落在他们面前。

"呦，还活跳跳的呢。"她对他们说。

他们看见盘子上，站着好大一尾龙虾——活生生的、好像才刚在盘子上被一片片肢解好了似的。满盘子须、螯、尾甲抽动着。他们同时举起筷子，同时僵在半空中，找不到地方下筷。

"用啊，用啊，自己来嘛。"她站在桌边，用衣摆擦擦手，柔声劝他们。就像在祖厝里，当他们还生活在一起时那样。什么都是认真的，然而什么也都不可能是绝对认真的。日久天长，他的亲族在彼此的目光中，最舒坦的状态，就是活得像个演员的时候。

她于是只能是真心的：她真心诚意，想在这场喜宴中，扮演好一个招待。

当戏散后，她必定是独自一人，提一塑胶袋汤汤水水的菜尾，走过海边，坐夜车回去大城城郊的一间楼房里。当她在餐桌边坐下，她会听见滴滴漏漏的水声，长长久久从天花板不断淌下。那时，在那片拥挤的城郊，一窗一窗的微光，映照着一屋一屋奋斗了一天的人们。

她忍耐着。她换上另一套衣服，换上另一种表情，赶往医院去。

如此的各人的生活。似乎只剩下这件事是坚硬而真实不移的了。

父与母都走了，从今尔后，自己是自己唯一一个必要谋和的人了。

在熹微中，他拿起电话，准备开始一一通知所有人。他突然又想起，关于母亲的死亡，他必须给他们一个准确的时间，如此他们才能总地明白那些延延缓缓的坏毁。他想了一个可能的最迟的时间。他只能这样做了。如果还有什么是他能够做的，他想最后再通知他的大妹。

他想在通知完大妹后，再上楼去，叫起他的太太。

他想让她们都多睡一会。

很快地，所有人就又将忙乱起来了呢。

在父亲留下的屋子里。江上学了，学会写字了。

江坐到书桌前，敞开门，看着厅里的祖母，午后的祖母。江拿出一张纸，开始在上面拼写一个又一个名字。江说："奶奶，你等着看喔，你看我把他们一个一个全叫回来。"

江一一拼写出所有他认得的人的名字，看着他们的名字，想想他们发生过的事，以此度过他们不在眼前的时光。直到一天近尾时，江的母亲疲然麻木地被救火铃赦出，回到江面前。

她对江苦笑，掸掸彩色的手，温和地问江："你在做什么啊?"

"我在想念大家呢。"江笑着回答她。

"啊，"她说，"那真好。"

江抬头，看见午后的祖母又起跑了。她又跨过那道门槛，她又将去满路谋杀自己，以那唯一一种方式，执拗地处死自己。没有人，没有人可以阻止她那样做。

也许，最后，祖母终究是以那样的姿态，留存在江的记忆中了。

最后一次，江想编一个故事。故事中会有一个母亲，一个在这世上不依不靠、独自谋生的母亲。她于是是一个挑着担子、满路奔走的小贩。

她于是应该叫作"蜘蛛婆"。

蜘蛛婆的儿子，是一名迟到的学生。他迟到了；日后，为了亲见那些曾经真确存在过的，他任自己成了一个谎话连篇的疯子。

至于疯子的父亲，唉，父亲。江宁愿不去惊扰他，江会先让他保持沉睡，让他在场。

各就各位，故事于是展开。

江会让自己隐藏在那最无以隐藏的地方。

江会说："我……"

我一觉醒来，赫然发现他，就坐在我前方。

他一点也没变——灰紫色的后脑勺筛出一根根坚硬的发，两只招风耳都给冻红了，异常洁白的衣领，紧紧扯住奋力拉长的脖子，总给人一种他刚刚才拿剃刀削好了自己轮廓的印象。我以为，下一秒钟，他就会转过头来，利落割穿往那些时间，对久矣不见的我说——对，整二十年过去了，就这么回事。

省道向海、县道入山。在两条马路会合的三岔口上，立着一座两层楼高的钟塔。塔面上的机械钟停在一个永恒的时刻上，人们抬头一瞥，很快就能确定这钟已经坏了。不，钟其实并没有坏，它的分针挺着自己的重量，在"九"这个刻度上，像脉搏一样隐隐跳动，努力想要跃过引力最强的那一点。仿佛只要再多一点点力气，它就会跨过障碍，让时针掉下、时间接续走去：两点四十五分、四十六分、四十七分……一步一步追赶过那些它错失的片刻。

公车停在钟塔下，车上只有我和他两个人。

司机早下车了，闪进路边一个温暖的面摊里，吃着他的晚餐——他知道，沿县道进入山村后，将只剩下严风与寒雨。玻璃窗上水气淋漓，事实上，整个车厢都渗着凝冷的雾，一明一暗的车前灯，牵连所有布满湿气的地方，一并闪闪烁烁。

他的背影，也在我眼前跳跳动动，始终没有转过身。

我想，我应该主动和他打招呼，为什么不呢？或许，我应该一掌扇在他的脑袋瓜上，对他说：嘿，我真不敢相信，我一直以为你已经死了。或者，不，我不应该这么鲁莽，我应该有礼地走到他的座位前，含笑点头，对他说：真是好久不见了，您一定也注意到了吧，那座钟塔的指针，在同一个永远的时刻上跳了二十年，看上去，就像坏了一样，这到底是怎么一回事？

记得吗？的确曾经存在那样一段时光，那时，我们认识的每个人都硬朗，每个人的寿命都不长。山村里那位年轻的代理神父，开心地向我们宣称，世上所有有味的东西，例如盐巴，都要先融化自己，才能为它所调和的一切带来滋味；做人，也应当像盐巴一样。那时，我们都只是七八岁的小学生，没有人在乎，代理神父所形容的，会不会根本就是一件不可能的事。那是一个人习惯将自己遥拟各种人事物的年代；代理神父所说的盐巴，已经是离我们最近、最具体的东西了。我们只觉得亲切，虽然我们并不明白他真正想说的是什么，而看着我们备感亲切的脸，代理神父也就相信，他的意思，我们都懂了。

总之，对我们而言，那是一个没有人知道彼此真正的意思是什么，然而沟通却一点也不困难的短暂年代。

那时，我们也那样无碍地以比喻指称各种人事物。

我们记得每一个人，我们记得她，我们叫她"蜘蛛婆"。因为她的右肩明显高过左肩，静立时，人是歪的。当她空着双手走路时，她踏出去的每一个步伐都是斜的，并且浑身乱颤，活像一只跳动的大蜘蛛。

"蜘蛛婆来了，蜘蛛婆来了……"

每个傍晚，我们看着她从远方走来，她右肩压着扁担，双手一前一后扶着挂在扁担两头的尼龙袋，迅迅捷捷踩过高高低低的山路；那时，她是极其平衡的，路面上那些大大小小的碎石块，对她而言，仿佛比山村小学的操场还要平坦。但，我们知道她的秘密；我们知道，当她走到我们面前，一卸下那两口沉重的尼龙袋，她的右肩将会霍地弹起，她整个人会原地摇晃十五分钟不止。

所以，"蜘蛛婆来了，蜘蛛婆来了……"榕树下、庭埕前、家门口，每一个看见没看见的小孩都这样传着话；有人开始模拟受狂风重击的样子，砰咚一声倒在泥地上；有人砰咚又爬起，脚高脚低满地窜。蜘蛛婆到了，她在一处宽敞的地面上，放下她的重担，带着微笑，歪立一旁，我们很快围了上去。我们之中，胆大一点的，其实不等她站好，就已经七手八脚往袋里翻拣。他翻出一包卤豆干，或一包花生米，或一包其实说不清是什么的零食，抓在手上，往家里跑去，尖声叫唤母亲们出来付钱。

母亲们，我们那些年轻的母亲们，做着沉稳的姿态，慢慢走来，慢慢悠闲地寻着话头，慢慢悠闲地想办法和蜘蛛婆闲聊。只是，蜘蛛婆通常不怎么答理，只是笑着。

"啊，有没有梳子？"很久很久以后，好像从肺腑之内掏出一句前世就寄挂在那里的疑问似的，一位母亲这样迟疑地问着。

"有。"蜘蛛婆答，立即蹲下，一手扶住尼龙袋，一手伸进袋内搅着，拖出一把齿牙完整的塑胶梳子。

"蜘蛛婆，你好心一点，不要把用的东西和吃的东西挤作一堆好吗？"母亲嗔怪着，接过梳子，顺手在衣袖上抹了抹。

蜘蛛婆笑着，不发一语。

另一位母亲接上去问："有没有小镜子？"

蜘蛛婆皱着眉头，哀愁地说："下次好吗？下次一定带来。"

母亲也哀愁地指着那两口大袋子说："你不用找一下？"

蜘蛛婆确切地摇头微笑，依旧不发一语。

我们在一旁，看着我们的母亲们，买着那些她们其实并不怎么需要的小梳子、小镜子或小发夹，一面试探着，吃下蜘蛛婆带来的，说不清是什么的零食。向晚，在空气中打转、飘浮了一日的尘埃，此刻正缓缓下沉。我们鼓着脸颊，望着远方沉寂的山路。那真是令人感到安心的片刻，虽然，那样的安心的确不具有任何理由。

总在蜘蛛婆将尼龙袋套上扁担，扛上肩，准备走了的时候，我们会听见一位母亲问："蜘蛛婆，你儿子有没有好一点？"

"好多了，好多了。"蜘蛛婆总也这样回答。

我们一直以为，蜘蛛婆这位似乎正不断地从某种我们不知道的状况中好转的儿子，是一位不存在的人物。他只是那些仿佛延长了的黄昏，我们的母亲和蜘蛛婆往返问答间，一个双方都不尽然洞悉，但都相信彼此会懂的比喻罢了。

直到有一天，我们的母亲开心地向我们宣布：我们已经长大了，应该去"上学"了。我们花了一段时间，才明白她们是当真的。

我们冒着雨，走进山村小学的教室里。我们看着窗外，仿佛全太平洋的水，这时全要倾进小学所在的谷地里一般。我们在山村里长大，是不会怕这样的大雨的，只是，这是第一次，我

们十几个玩伴一起被关在一间屋里，并且，我们身上还穿着规规
矩矩的新制服，于是，看着天花板上明明灭灭的日光灯管，我们
也就规规矩矩地恐惧了起来。有人蒙着头喊妈妈；有人看着窗外
叫口渴；哐当一声，有人的椅子散了架，坐在地上哇哇大哭。

　　突然之间，整座山村小学的灯火全熄了；又停电了。那位
浑身酒味的胖大校工，手上拿着榔头、嘴上咬着铁钉，从教室
后门晃荡进来，直直走向那把散架的椅子。

　　"毛孩子。闪边去。"他把哇哇啼哭的同学拎到一边，叮叮
当当敲击着椅子，不片刻就将椅子重组好了。他把止住啼哭的
同学摆回椅子上，慢慢直起腰，眯眯觑眼瞥向前方说："洋鬼
子。管这雨。叫下猫。和下狗。老师。对吧。"

　　初到山村的年轻女老师愣在讲台前，不知所措。她望着眼
前，对胖大校工说："你喉咙不舒服？"

　　"没事。"胖大校工露出一嘴黄牙晒笑，比着自己的喉咙说，
"从前。一颗子弹。从这里。穿过去。"

　　"喔，对不起。"

　　"没事。"

　　我们同时回头望向那位被胖大校工摆在椅子上的同学，因
为我们知道，胖大校工的喉咙，其实是在一次醉酒闹事时，被
这位同学的父亲拿刀捅伤的。

　　一片沉静中，胖大校工循着我们的目光找去。

　　雷咬着电轰隆而过，这位同学又哭了。

　　那是我们在山村小学的第一天。一片幽暗中，我们看到一

条衣领，姗姗前行，姗姗踱到讲台前，一个声音，朗朗地问老师说："老师，请问自我介绍的时间到了吗？"正当我们还在猜想"自我介绍"是什么意思时，那条衣领已经站到讲台后方，转过身来，面向我们。

我们看到一张苍白而多骨的脸。那是我们第一次见到他。他说了自己的姓名，说他很高兴认识我们。然后，他对着我们，对着一片幽暗，说了一个自我们有记忆以来听过最漫长的故事。故事中有一位父亲，永远是熟睡着的，有一位母亲，一直在走路，她挑着重担，走过水塘、走过泥地、走过尖石铺成的道路，要这样一直走着，才能养活她唯一的儿子。这位母亲在故事的中段，在山路上跌了一跤，撞破了额头，这位儿子帮她上药，即使隔着棉花，还是能感觉她皮肤的粗糙。在故事的某一个停顿，他说，时间已经就这样过去了好久好久，母亲偌大的伤口结了痂，颜色变深了，结痂变硬了，缩小了，整个弹落下来，母亲就完全好了。母亲完全好了以后，依旧挑起担子，迅捷走过上上下下的山路，微笑着，回答着；那些看见母亲的母亲们，觉得母亲一点都没变；母亲们也都忘了，时间已经过去好久好久了。时间过去了像它已经形成了那么久，其中，曾经出现一头全黑的狗。我们惶惑地睡着又再惶惑地醒来，当我们渐渐习惯他的语调，并且什么都察觉不出的时候，突然，在一个我们最没有预期的地方，他说，我讲完了。

他拉开他那条衣领，要我们趋前看他从后背到肩上到前胸的一道长长的伤口。他说儿子很小很小的时候，肩膀上长了两颗瘤，母亲挑着儿子，走了很远很远的路，才找到医生治好这个病。儿子从小身体就很弱，不能跟大家一起玩，因此儿子总很期待上学的那天赶快到来，今天清早，儿子走在山路上，忍不住低下手，摸触地面，感到自己是一个相当幸福的人。

他说，我讲完了，很高兴认识大家。

他又说了一遍自己的名字。

我们咬着指甲，拧着鼻涕，噙住眼泪，瞪视着眼前的幽暗，努力想要辨清刚刚到底发生了什么。我们只觉得这一刻是安静而拉长的；于是渐渐地，轮到我们不知所措了。老师轻轻搂着他的肩头。

"唉。"胖大校工短叹一声，放下他的榔头。

"ㄇㄧㄢˊ ㄏㄨㄚˉ¹是什么？"一个人问。

"我家也有养狗。"另一个人答。

在他第一次开口对我们说话时，他确切地说，自己是一个相当幸福的人。这样一位幸福的人，迈开他的步伐，回到他的座位上，加入我们之中。他微笑着，那是一种纪念碑一般的微笑，所有看到的人，都将郑重以待，并且察觉，有什么东西，在他能这样笑之前，就已经先死去了。

然而，也许死亡原是一种持续不停的秘密行动。很久很久以后的那个星期天，我们一起翻过围墙，回学校看斑马、骆驼和长颈鹿。围墙不高，我们当中，从最高到最矮，都可以两手

1　ㄇㄧㄢˊ ㄏㄨㄚˉ：此为注音符号，汉语拼音为 mián huā。

撑在墙上跳过去。我们跳进泥地里，拍拍手上的苔藓，抬头，举目望去，看见踞在谷地里的山村小学，好多人从各个墙角陆陆续续蹦了进来，仿佛全校都到齐了一般——六十八人，对，彼时的山村小学，共有六十八名学生。

当时我们并不知道，一个月后，环绕山村小学的这道矮墙，会整个被拆毁。又一个月后，另一道庄严的高墙，会循着矮墙的遗迹砌起，在校门口合龙，而那时的校门，已经架高成了牌坊。之后无数个日子，砂石车一辆一辆穿过牌坊底下，来到学校；工人们将泥地铺上水泥，将教室外墙贴上小瓷砖，并在长条形校舍的左半边盖上二楼，建成校长室和图书馆。一年又一年，货车在升旗台前，卸下新任校长，和远方捐赠的旧图书。我们举行完欢迎仪式，把校长和书一起迎进二楼里收藏。在图书馆里，我们会发现书架上那十三本一模一样的书，今年又多了两本。或者，当新任校长疲累地打开门，走进校长室时，他会看见前任校长还趴在办公桌上睡觉，不知道醒不醒得过来。这些都将成为常有的事。

"校长死了，他背上都是蜗牛。"第一个发现的人这样说。

那是一个星期天，是信神的人集合祷告的日子，但学校旁的教堂，早已溶于山村执拗的湿气中，只剩下尖尖的钟塔屋顶遗留在地上，像一株雨中的蘑菇。

代理神父和他的助手搬出原该在钟塔和地面间的一切，前进到了谷仓里。不定时，他们会把三轮车停在蘑菇前，在车后平台上架起画轴，一边卷动着画，一边向我们这些经过的学生诉说画中的故事。当学校的高墙砌好同时灰败，小瓷砖贴好同时生出壁癌，加盖的校舍撤去鹰架同时开始向一侧沉沦时，我们也由六十八人变成四十多人，再变成二十几人。到了山村小学确定废校的那一天，代理神父的助手擦拭着画轴上的霉斑，对代理神父说，整座山村小学在他眼里，就像从半空跌落下来的，一具歪斜的蛋糕。

整个山村，将只剩下寥落的几十户人家，成了邮件递送版图上的"非限时区"。对派驻在山村的邮差而言，记住山村每位居民的姓名，将比记住那些在山路上七零八落的地址来得容易。

代理神父和他的助手，走进不再是小学的山村小学里。他们看见三只动物的模型立在角落边，它们的脚深深陷进水泥地里，身上的漆剥落殆尽，六只耳朵全掉了，只露出六根腐锈的钢筋。同时，雨开始淅淅沥沥地下了。他们走到升旗台里躲雨，静静望着远方。四周一个人也没有，一件莹莹发亮的小东西，叮当叮当在水泥地上跳跃着，从三只动物的遗址那边，慢慢滚向升旗台前。代理神父捡起那件小东西，用袍角擦干，凑近眼前一看，是一颗蓝绿色的小弹珠。

是那只斑马、骆驼或长颈鹿的一颗眼珠。

代理神父对他的助手淡淡一笑，把弹珠收进袍袋里。

一棵灰黑色的水泥树；一条灰黑色的水泥河；一面灰黑色的水泥山谷。在这样的深山中，灰黑色的水泥，在雨中，从代理神父的脚前蔓延到了远方视线的最边缘，成为这个世界最后剩下的质地，多么像是一开始，这个世界就该是如此的。

　　"真奇怪，"代理神父对他的助手说，"在泥地上铺水泥那一天，他们匆忙到不愿移动它的脚，但最开始，他们却记得帮它装上眼睛。"

　　"谁？"良久，助手收回视线，转头问代理神父。

　　那是一个星期天。很久以前，同样的这位代理神父，开心地向我们宣布，世上的第一个星期天是好的，因为当时野地上没有草木、田地间没有蔬菜；神还没有降雨到地上；每个人都各自休息。我们听着，并不在乎自己能否想象那未曾下过一场雨的世界是什么样子。那是一个人们习惯诉说各种梦境的年代，代理神父所说的雨，已经是离我们最近、最具体的东西了。我们看着雾气从泥地上蒸起，我们看见工人们从卡车上，卸下了斑马、骆驼和长颈鹿。那位浑身酒味的胖大校工，肩上扛着一捆麻绳、手上拖着一把木椅，从教室后门晃荡出来。

　　"你。你。还有你。过来。"他挑选几十个人，手拿麻绳圈成一个圆，将工人们围在里面。

　　"其他人。闪边去。施工中。危险。"他把木椅杵在泥地上，双手环抱，坐镇着。

　　他也在人群之中。他站在胖大校工身后，手上牵着麻绳，奋力拉长脖子看向圆圈底；突然，他扭过头，对我们说："这一切根本毫无意义。"

　　"什么是一`一ˊ[1]？"我们问。

1　一`一ˊ：此为注音符号，汉语拼音为 yìyì。

　　他环顾我们的表情，欲言又止，但终于没说什么，只对着我们，露出那多年以来一无更改的微笑。

　　一位工人指着自己脖子，问胖大校工："你这里怎么了？"

　　"喔。"胖大校工说，"从前。一颗子弹。从这里。穿过去。"

　　他们彼此对视，哈哈大笑，陌生的隔阂像是一下子化解了。

　　每个人都很高兴，一位同学凑过来，对工人说："看，我有砂眼。"他突地将眼眶撑大，眼珠子翻了过来，上面果然长满了砂粒。"我的手指可以这样压到后面。"另一位同学说，并且猛力把手指向后扳到手腕上。又一位同学上前，彬彬有礼地说："我爸爸用皮带在我背上打叉。"他彬彬有礼地撅起屁股，翻开上衣，让我们看他背上暗红的叉叉。最后，我们都将目光聚集在他身上，期盼着他可以说些什么，让我们的客人知道。

　　但他沉默不语。

　　"嘿。"胖大校工鼓舞着他，"给我们说说。说说看。呃。等一下。"胖大校工闭上眼睛，食指轻点着膝盖头，像在回忆他听过的所有说书段落。良久，胖大校工睁开眼睛，对他说："就说。你爸爸。受伤。的事。"但胖大校工这时才发现，他已经跑走了。

　　"这一切根本毫无意义。"在他最后一次开口对我们说话时，他这样说，并且露出那多年以来一无更改的微笑。

　　这到底是怎么一回事？窗外那座钟塔，简直像极了你那奋力的微笑——那是一种会使人察觉什么已经先死去了的微笑。只是，那同时，也是一种会使人习惯，并且什么都察觉不出的微笑。

我站起，缓缓靠近他。我想告诉他，我真的记得他说过的许多话，我记得他对我们说过的最初和最后一句话，并且，我能把这最初和最后一句话叠印在一起，在记忆中，像握住一段完整的时光那样携带。然而，时间的最初和最后如果能这样对折、紧握在手上，那么，那深深的折痕，想必是在远方，我们无力掌握的地方——真的是在我们尚无力明白的时候，很多事情已经发生过，并且完结了。

然而，这也不对；因为的确曾有过那么一段时光，我们以为自己是毫发无伤的。那是一个短促经过、容不下任何转折——遑论折痕——的纯粹年代，我们不会知道，有一天，我们熟识的任何人都将不再硬朗，我们都将活得比我们想象的久。

我站起，缓缓靠近他。很久很久以前，在他的故事里，曾经——故事总也如此进行——存在这样一位儿子。儿子穿过门帘，进入另一个房间里，会看见他的父亲躺在床板上，沉睡着，鼻孔插着管线。儿子在父亲身旁躺下，在父亲规律的鼾声中，对父亲说着自己梦想的世界，像是父亲从来就是醒着的那样。父亲在自己巨大的梦里，母亲在另一个梦里，儿子在又一个梦里。在儿子的梦里，人自然而然是会飞的。远方，母亲走过很长很长的路，挑着她的重担回来了，儿子看着她的脚，对她说，母亲，我会飞喔。

真的啊，母亲说，那真好。

等我飞得够高，飞得够好，你就不用再走路了。

飞那么高啊，母亲拨拨儿子的发，对儿子说，偶尔也要记得停下来看看我呀。

她沉静而耐心地听着孱弱的儿子，叨叨絮絮说了整夜的话。一切都在变好，她相信自己的儿子正日渐好转，但还不够好，永远不会健康到足以承当一次游戏的失误。她担忧地说，你累了，该休息了。

我不累，儿子说，我不想睡觉。

但是你一定要休息啊。

为什么？

因为，母亲说，因为这里天黑，远远的地方天亮。你睡着，换别人醒来。如果你不睡觉，那别人就在自己的梦里醒不过来了，怎么办？

原来如此啊，于是儿子让自己睡着了，睡在一个圆圆胖胖的梦里，梦见一个圆圆胖胖的世界。

母亲起身，歪斜着步伐，悄悄离开苍白而多骨的儿子，穿着门帘，进入另一个房间。母亲蹲在一排大大小小的柜子前，拉开大大小小的抽屉，想从里面找出一面小镜子。母亲身后，父亲一面发出规律的鼾声，一面举起脚，将盖被蹬到床板下。母亲捡起，重新为他盖上。母亲俯视沉睡的父亲，母亲俯视对大大小小的梦境一视同仁的闷热。母亲的儿子，正在天上练习飞行。这样一位母亲，在山路上跌倒，撞破了额头。母亲捂住伤口，仿佛从梦中惊醒那样逃窜回家。儿子为母亲治疗，母亲苦笑说，只好休息几天了，受伤了，不好意思让人看见。儿子在沉默中，思索母亲的话——受伤了。受伤了。受伤了。不好意思。不好意思。不好意思。

镇日掩上房门的闷热房间里，父亲规律地沉睡。一头全黑的狗扑进床板下。

远方有风。远方的微风中，尘埃打转，在向晚时刻缓缓地下沉。孩子们在自己想象的风景里，毫无理由地心安。母亲们，我们年轻的母亲们，用手背柔柔抚平她们新裁的粗布衣裳，想着多存下的一张旧钞，想着用衬衫改两条短裤，想着砌在厨房墙上里外共用的大水缸里，漂漂荡荡的葫芦勺。

那是一个没有人知道彼此真正的意思是什么，然而沟通却一点也不困难的短暂年代。然而，也许死亡原是一种持续不停的秘密行动。在那座所有人都离开了的山村小学，代理神父坐在废弃的升旗台里，他想着三只动物被水泥埋没的脚，他想着，只有在一切都已毁坏时，它们的立足点，才会像曾经存在过的证据那样显露出来。

那一天，他的助手问他："你什么时候才要让自己成为正式的神父？"

"等我真正能相信什么的时候。"

"那我是什么？代理神父的代理助手？"

"不，你就是助手。"

"可是山村已经完了你知道吗？"助手用画轴指着山村小学说，"我觉得那好像一个从半空中跌落下来的大蛋糕。"

代理神父想告诉助手：当心了，"跌落"是一个严重的字眼。

助手说："今天我生日，可是没有人记得。"

很久以后，山村里第一个自觉有罪的人，到谷仓里找神父，但谷仓里的人说："我不是神父。"

"我知道，你是代理神父。"

"不，我也不是代理神父。"

"那你是什么？"

"我是代理代理神父。"

罪人说："我有罪要忏悔，怎么办？"

代理代理神父指了一堆纸说："写下来，我看看可以帮你转给谁。"

这样一位自觉有罪的人，回到远方，疯狂地给所有他认识的人写信；他没有收到任何回信，但他认为沉默也已经是一种回应了。"这一切根本毫无意义。"他清楚记得，这是他对他们说过的最后一句话。

在那座山村，蜘蛛婆在山路上遇见驻村邮差，驻村邮差在邮件递送版图的"非限时区"里漫游，他愁眉苦脸地对她说："我找不到这个收信人。"

蜘蛛婆接过信看了，她对邮差说："这是我家的地址。"

"真的？"邮差问，"那这个收信人是谁？"

"是我家的狗。"蜘蛛婆拆开信，里面只有一张白纸，她安静地想着，但她不明白，她儿子干什么寄一张白纸给家里的狗。

很久以后，蜘蛛婆的伤全好了，她挑着担子，穿过废弃了

的小学校门，来到废弃了的升旗台前，她看见代理神父和他的
助手在里面躲雨。代理神父问她："有没有小蛋糕？"

"有。"蜘蛛婆从拥挤的尼龙袋里拖出一块海绵蛋糕。

"今天他生日。"代理神父指着助手说。

蜘蛛婆笑着，说："恭喜你。"

"蜘蛛婆，你儿子有没有好一点？"

"好多了，好多了……"

这样一位母亲挑着她的重担回到家，发现他的儿子已从远
方回来了。儿子躺在床板上，对母亲说，母亲，我发现世界不
是圆圆胖胖的，世界是一把尖利的圆锥。

那是什么意思？母亲问。

儿子思索着；他在思索一位从来没看过自己一眼、没和自
己说过一句话的父亲，还能不能称为自己的"父亲"；他在思索
他和他向来熟悉的母亲，从何时开始，成了永远不能互解的两
个人。母亲俯看儿子刚用剃刀自行削好的轮廓，担忧地说，你
累了，该休息了。不要再想了。不要再想了。不要再想了。偶
尔也要记得停下来……母亲将温润且粗糙的手臂贴在儿子消瘦
的脸颊上。儿子闭眼，默想那个未曾下过一场雨、什么也未曾
生长，连形状都没有的空荡世界，那时，所有人都在休息。那
里存在着强韧的引力，时间在一个永远的时刻上跳动，坏掉一
般，对谁都没有意义。他想告诉母亲，他发现，每个小孩初初
来到那样的世界时，他的母亲，一定都会在他身旁，但那是不
是永远都不会变呢？他不确定。他保持着沉默。

　　一切都进入了沉默之中,这样过了二十年。我站起,缓缓靠近他。我记得,很久很久以前,他曾经说了一个自我们有记忆以来,听过最漫长的故事;很久很久以后,突然之间,在一个我们最没有预期的地方,他微笑着说,我讲完了。我记得,在那座逐渐废弃的山村里,他宣布自己是一个相当幸福的人。

　　我记得,最早最早之前,山村里那位年轻的代理神父,开心地向我们宣布,世上所有有味的东西,例如盐巴,都要先融化自己,才能为它所调和的一切带来滋味;做人,也应当像盐巴一样。那时,我们都只是七八岁的小学生。那时,他也在人群之中,他也开心地问代理神父:"可是我讨厌咸的东西,怎么办?"

　　代理神父拍拍他的肩头,对他说:"那你就作黑糖,好吗?给世界带来甜味。"

　　"好。"他说。我记得,当时他高兴地答应了。在车厢里,我终于走到他身前,辗转回过身来,与他对望。但是,我们没有看见他。我们看见,这个坐在返回山村的车厢上,与我们对望的人,不是他,是一个我从未见过面的陌生人。

　　他已经跑走了。

　　他真的已经消失不见了。

　　"他真的已经消失不见了。"江看着故事的结尾,发着愣,画上句号。

　　江想，自己大约又将所有人谋杀了一回——一如当午前的祖母消失后，午后那无知无觉的祖母会出现一样，巨大的沉默，成为每天固定的终局。

　　在终局里，江会不断地退化、不断地失智，不断将自己推向自己能记忆事景之前的世界。直到有一天，记忆中的事景都将变得陌生。直到有一天，巨大的沉默会突然占满一切。对江而言，那是迟早的事吧。

　　天亮了。江听见隔壁的房间，母亲慢慢爬下床了。

　　江收拢废纸，去坐在饭桌前，等她出来。

　　很快地，他们就又将忙乱起来了。

　　江想起，在那样纷乱的大城里，江与母亲，在那家自助餐店一起吃晚饭。蒲葵遮径，大城的夜色，慢慢由灯光衬出。对那一切都陌生极了的母亲，慢慢把她的背包放在椅子上，把她的伞放在桌子上。

　　在她面前的餐盘上，放着少少几样菜，一碗饭，一碗汤。

　　那时，他们真正像是两个疲累至极的演员那样，对坐着，各自咀嚼着。

　　母亲突然抬头，笑着，对江说："这几样菜卖这种价钱，那我回去也来开一家自助餐店。"

　　江觉得寒碜极了——为她，也为自己。江当时并没有意识到，她当时事实上已经失业了，然而她还能那样说话。她汰尽了忧虑，于是话语轻轻省省一如笑谈。江觉得寒伧，因为那些一路忙碌的找寻、等待、转车、上下楼，那些与谁都无关的自寻出路，在这样夜暗的时候，都静静卸下伪装，对他曝现它们原来的样子。

江明白，此时此地，他为何会以这种方式、这种神情，这样无言地坐在母亲面前。

也许，是从当时开始，江学会了自怜；在母亲初蹈大城的那一天。

察觉了他的表情，在他们唯一一次在大城里的共同晚餐，母亲大约也吃得并不开心吧。

江坐在饭桌前，等母亲出来。江想起，今天，在手术前，母亲必须禁食。

"叫辆计程车吧。"江对母亲说——叫辆计程车，直接去医院吧。

母亲摇摇头，说骑脚踏车行了。

她想把那当成一个小小的、秘密的行动。

江感觉，如果可能的话，她甚至会想闲闲散步去医院，动手术。

他们于是各骑一辆脚踏车，离开他们的家，前往滨海小街，再从滨海小街转公车，抵达医院。

母亲满五十九岁了。她始终没背好二十六个英文字母。她拉了一辈子左耳，吸了三十年粉尘，左耳后长出两颗小小的肿瘤。

江接过母亲的背包，站在长廊上，看穿着绿色手术服的护士，用识别证刷开那堵不锈钢铸的门，将母亲领入门内。一瞬间，门重新密合。江只看见自己的身影，反映在那上头。

江回到塑胶椅前，放下背包，让自己坐好。

十分钟后，眼前的电脑荧幕，浮出母亲的名字；名字左侧，现出"等候中"三个字。

等、候、中。江在脑中静静勾勒这则关于母亲的注释。

江打开母亲的背包，发现里面装了两件薄外套、两把折起的伞。

江想起，出门之时，在那方他借用的田地边，母亲特地停下脚踏车，望望沟渠尾，他那一小块比墓地上的坟草还更潦倒的作物。

母亲眯着眼，对他笑，并没有对他说什么。

那一刻，他明白自己已经成功说服母亲了——在她眼里，他已经是个无伤无碍的废人了。

他已经被原谅了。

末章　最后与最初

祖父死了，祖母更沉默了。逝者被埋实三年后，江的父亲举家搬出祖厝，在几百步远的田地上另起一屋。那时，不再有人能揪紧他的心，对他示威或示弱；不再有人能以种种方式向他需索，要他一再证明自己全然无恨、在乎极了那片田野与那进祖厝。每天傍晚，他自矿场平安回来，穿着乌黑的汗衫，坐在新屋门槛上等月亮。

他不只是看上去空荡荡的，他是整个人都早给掏空了。

那是一直以来，江对父亲最深的印象。

如果记忆是可靠的，那时，父亲必定会见到祖母在夕阳下奔跑的姿态，他也许也曾试着去扶挽自己的母亲。奇怪的是，奔跑的祖母和坐在门槛上的父亲，在江的记忆中，仿佛是分开的。

日久天长，在江的记忆中，仿佛什么事都和那样呆坐着的父亲分开了。

最后一次，江必须去找黑嘴，向他问明一件事。

在母亲的记忆中，有一个僻静的角落，那是黑嘴最可能会在的地方——一处最适合它的隐蔽所。江想象，他只要回身背海，就会看见那座飘着细雨的山。江越过吊桥，越过湿草地，走上道路的尽头，走进那片被封起、被遗忘的山。那时，在蜷曲狂长的野藤野树中，江一眼就能看见黑嘴，静静躺在竹丛底。

以半身等待死亡。在等待伊时，江以为黑嘴会将自己伪装成比松果更严肃的东西。然而，黑嘴还是那样散漫地躺着，就像它最后一次躺在轮胎边那样。

"嘿,"江边走边对黑嘴说,"在竹丛下,你应该装成一枝竹笋的。"

黑嘴用两只前脚压住耳朵,盖住眼睛;"喔,我真不敢相信,"黑嘴喊,"你居然做这种无聊事——你就不能让我好好藏起来吗?"

"我来找你,想问你一件事,"江趴在黑嘴身边,对黑嘴说,"那天,你不是一路追着迎亲的车驾,去到山村了吗?你能说说看,你看见什么了吗?"

黑嘴放下前脚,拔拔胡须,臭臭屁屁想了半天,然后伸出一根指头,在江面前比画比画,它说:"那可不是什么'车驾'喔,那只是一辆计程车。"

"计程车?"

"嗯,紫色的。"

"紫色的?"

"嗯,半新不旧的。"

"半新不旧的紫色计程车?"江想了想,说,"狗天生都是色盲,对吧?"

"不,也有不是的。我就不是。"黑嘴说。

江决定不打断它,让它继续说下去。

黑嘴说,那天,它追着一辆紫色计程车,一路奔到山村,江的祖厝门口。它并不知道自己不会再回后山的楼屋了,所以它行李也没带、早饭也没吃,心情也没准备好,就夹着尾巴,撞进庭埕前的人堆狗堆里。大概有一百只狗嚷它骂它,有一百个人抬腿踹它。它在棚架底、在桌脚边藏来躲去，瞥眼看江的父亲母亲走下计程车，走进祖厝里。完了。

"啊？完啦？"

"你想听一只狗被一百只狗满山遍野追咬一整天的故事吗？"

"不，并不想。"

"所以我长话短说，总之，后来天就黑了。"黑嘴闭上眼，想象夜幕拉上了。它说，那时，它蹭回祖厝庭埕，皮不存，毛不附，瑟瑟缩缩，开始呜呜吹响狗螺。好一会工夫，祖厝里有人晃出，对它招招手，低低唤它的名字，要它过去。

那是江的父亲。

父亲抱起黑嘴，走进新房里，给母亲瞧。父亲母亲偷偷将黑嘴藏在床脚下，让黑嘴躲了一整夜。之后，天将亮了，在床脚下，黑嘴感觉母亲先醒了。不久，父亲跟着也醒了。他们犹躺着，在床板上低低笑着，低低交谈。

然后，黑嘴听见江的祖母在厨房咳嗽。庄严、响亮的咳嗽声——江的祖母将自己伪装成一只号角。然后，一屋子窸窸窣窣的衣带声，就像一群被赶上场的临时演员。然后，江的父亲起身，江的母亲起身，他们各自披好衣服，装作陌生人一般，一前一后走出房门。父亲走出屋外，母亲走向厨房。大灶前有个空位，那是之后十年，母亲每天起床，会先走去的位置。

"你的故事有点……"江想了想，说，"所以，你其实什么都没看见嘛。"

"嗯，因为我太害怕了嘛。"

江看看黑嘴。江想象那种咳嗽声，在幽幽深深的祖厝里荡着。长廊里，初醒的人们擤着鼻涕、漱着喉痰低头走过。那照例是一个率先由胸膛、由口腔鼓动起的昏懵清晨。醒进世界里，一种具体而沉重的感觉。在江的祖厝里。

"你现在还害怕吗？"江问。

"现在？"黑嘴四处望望，"不会。我早就习惯了。"

江看向远方，看海的边缘，夜幕的尽头。江想象，在母亲的记忆中，在另一处他无法想象的僻静角落里，母亲，会将童年的自己，好好保存在那里。那必定是一个大好的艳阳天；童年的母亲，面海坐着，悠悠地、自由地想象着未来。瘦小的她，带着一顶硕大的草帽，踩着一双过大的拖鞋。佛甲草。滨防风。草海桐。那一切事景，在母亲全部的记忆中，是一座不必向人提起、不用对人描述的大绿洲。

那是大母亲偶然带母亲回娘家的一天；如果真有那样一天的话。

如果真有那样的一天，那时，远方的棚架底，祝祷声必定低低回旋着。

那时，必定会有陌生的孩子们，来拉拉母亲的衣角，摸摸她的脸，就像她是一个外星人，就像她是一个来自异星的亲族那样。他们会带她去玩、去游历这个唯一的世界。也许，就在那个下午，在她的父亲母亲都不在身边的时候，她就随着这些好友善的玩伴们，在海底玩耍了好几回。

然后，海面上有人喊她，遥遥喊她。她带着两鬓沙砾，自海中走出。喊她的人，是她的大母亲。大母亲带她，去一间石屋里还了草帽、还了拖鞋，带她走回后山的家。

"再见。再见。再见……"相处了一日的玩伴们，还不时从低低的草丛里冒出头来，与她挥手作别。

再送她一程。

再与她挥手作别。

再送她一程。

大母亲停下来，等她跟上来。大母亲沉沉蹲下，整整她的衣服；从她口袋里掏出几把海沙、几只贝壳。大母亲用手抹抹她泪湿的眼，静静笑着，望望远方。大母亲轻轻对她说："你外公过去了喔，你外婆也过去了喔。以后，要再回这个家走看，会一年比一年更难了喔。"

她不解，又理解。

她不解为何会一年难上一年。

她理解离别是怎么回事。

江在等候母亲。

江想起，如果在他眼前真有一面海，如果在海岸一角，童年的母亲，真能那样静静坐着，悠悠晒着太阳，那时，在她的记忆中，不会有他，不会有他身边这半残的黑嘴。如果时间之中真的存在着诡戏，如果他能这样拉起夜幕，独自走下山，重新走过湿草地、越过吊桥，去到那个艳阳天底的她的面前，她不会认得他——这个在多年以后，预先被她原谅的她的儿子。

她会对他笑。那是一种纯粹善意的微笑。她不会知道，在多年以后，他居然只能以这种庞杂交缠的方式，重见那种她会给陌生人的，自在而宽坦的笑容。

那样的笑容。如果他真能这样去见童年的母亲，如果这样无声的会面真能保存在母亲的记忆中，那么，很多年后，母亲会突然记忆起童年的她与现在的江。那时，她会认出江来。

那时，在那样的艳阳下，她回身一望，当视线被白茫的光线给阻隔时，她会想：原来如此啊——原来年轻时的岁月不过只是年老的自己的一段回忆；原来人活着，就是不断自回忆抽身，不断辨识出那些自己原来早该认得的人事，不断复原到那最后最老的，真正的自己。

原来不断向后退去，只有最后的，才不是幻影。

原来每个人都一样；事景褪尽，她自己的儿子这样启发她。

夜暗了，雨还下着，在江心中。

那时，她还会对他笑。曾经如此喜欢所有人的她，必定会拉拉左耳，对萧索无用的江苦笑。她会对江说："看看你，怎么把自己搞成这样了？"

那样的笑容。江会回答她："我故意的。"

因为江曾经以为，唯有如此，唯有如此，在他一个人的山村雨夜，在那间鼠蛙暗行的屋子里，江才可以说，他想起一件好严重的事——那个一直呆坐在他身后的人，原来就是他自己的父亲。

他于是赶紧跑去。

他会说，他想对他说："你看，掘地三尺不见泉，掘地三万尺甚至不能见黄泉，你原来还一直静静待在这里，一动不动，也不呼吸。"江记得，江最后也许还会记得，那时，在他们的新家，他招他去饭桌前，给他一张钞票，要他去杂货店，买一瓶啤酒。

江高兴极了。江出发，江在摇曳的光影里，跑上产业道路，跑下田中小径。

黑嘴跟着江。那时黑嘴尚能跟江。他们一同跑出将成废墟的杂货店。江手举玻璃瓶，他们快步奔过烟火渺渺的田野。

江被黑嘴绊了一跤。江磕破玻璃瓶底。江爬起来，倒举起玻璃瓶。江看泡沫窜出，玻璃碎屑下沉；田野之上，一切犹然浴着光。

黑嘴犹自在光里快活地摇尾巴。江负着气，倒举半瓶酒，走回他面前。

"是黑嘴……"他对他咕哝。他皱着眉，困惑地看着他。

"是黑嘴。"他对他喊。他仍皱着眉。

他抢过他面前的玻璃杯，把半瓶酒倒插进玻璃杯里，瓶身于是站住了。

"这样行了吧？"他对他喊，"这样就行了吧？"

江走开。

那夜，父亲于是无酒可喝了。

他的汗衫乌黑；他的月亮尚未升起；他无酒可喝，然而他模糊地笑了。

他看看眼前的酒瓶，四处望望，那样搔搔头，默默对江傻笑。

江撞开房门，躲进房里，把自己关在墙后。

只有一墙之隔，真的只有一墙之隔。然而，那么近的距离，在那么长远的时间后，江却渐渐不再能清楚想起自己父亲的样子了。如果他不是一个那么容易受挫的小孩，如果他有耐心，如果他知道时间已经秘密在倒数了，如果他知道他将只有四年的时间可以记忆他，他会留下来；他会蹭到他身边，他会轻轻问他："父亲，你在笑什么啊？"

"父亲，小心啊，你为什么看起来那样开心呢？"

在他的工安手册上写着——"每下潜十五公尺如喝下一杯纯马丁尼。"但在幽暗的地底，他们将如何空手测量垂直的深度？他们会如何想象一种从未喝过的酒的滋味？那样一本工安手册，掩起书页，放在他的裤袋里；江猜想，他只是带着，他一下潜，就再也不能翻读它。

那夜，他无酒可喝了。对江而言，他就像带着他的傻笑，带着环绕着他的一室静默，直接潜入那道矿坑底一样。那时，火苗沿树根烧窜而上，整座山都熟了，地底不再有光。对面不能视人，他独自盘腿坐在幽暗的洞穴底，看头发一根根在空气里歪扭，粘塌在自己眼皮上。他无酒可喝。他的腰间，系着铝水壶，水壶里装着自己最后能挤出的一泡尿。每隔一阵子，他就打开水壶，用尿润润嘴唇。最后，水壶全干了。他的手表突然炸开，塌在他的手腕上。他裤袋里工安手册的塑胶封套融了。他全身的衣物向他贴紧，他有一种自己正在快速发胖的错觉。

然而，当他们找到他时，他们发现他其实是瘦了：他的表情、他的皮肉都被蒸发了，他屈着身，被搬到烈日底下。

他看起来，就像是他自己的一片水淋身影。

七月天。绿色的菅芒草丛。炽热的泥土冒生水气。山顶的凉风。远处的呼喊。江看着那样的他。江看着他们被留在灾难的上方，世界依旧充盈那样多的言语。江想蹭回他身边；江想要告诉他一些事；江盼望，或许有朝一日，在一个故事中，他不再只会像是死尸一般，他会有完整的如常的一天。

然而，江失败了，江再也无法那样做了。

在他离开后，自他下潜于地底不再回来后。江发现自己再也找不到方法，能靠他近一点了。江无法永远让时间驻留。一日一日，当事景犹不断向七千三百多个日子之后堆叠，他恐怕终于只能无语对他了。他不再能幼稚却信心十足地对他喊："父亲，你看，一切都还来得及喔——因为我已经学会写字了。"他想写很多字，因为他有好多话想对他说。他甚至可以为他描述一颗太阳——暖融融的、光亮亮的，照亮绿油油的草地的那样一颗和煦的太阳。那可以提醒他们，或许，世界并不必然真的就是那样生硬而无以逆转的。

生硬而无以逆转的，江再不能够了。

因为一夜未眠后，当他在他留下的屋里等候母亲时，他呼吸着，他发觉自己，原来也已经是个半老的人了。

"你来找我，就是要问我这件事？"黑嘴问江。

"嗯。我只是想确定，当时，我父亲真的在场。"

"废话嘛。他的新婚之夜，他会不在场？"黑嘴得意地说，"我还记得，那天，第一次见到他的时候，我有好好地吠他几声。"

"ㄈㄟ ㄊㄚ[1]？那是什么意思？"

"嗯……我不太会解释，你知道，就是你丹田里有一口气，你把这口气往上憋，憋过胸腔，憋过气管……"

"喔，你说'吠他'。我懂了。"

"因为当时，他对我来讲，是个陌生人嘛。"

"陌生人。嗯。这个我懂。"江说，"所以，当时，我母亲也在场，对吧？"

"真受不了你。所有人都在场，我也在场，只有你不在场。这样你懂了吧？"

"好。好。我只是想确定这件事而已。"

"不过，我现在可没有那种东西了。"

"什么东西？"

"丹田。"

"喔。对。我忘了。"

"不过没关系了，你知道，我现在最重要的任务，就是保持安静嘛。"

"对。那我们别再出声了。"

"好。"

---

1 ㄈㄟ ㄊㄚ：此为注音符号，汉语拼音为 fēi tā。

　　江幻想自己没有发出任何声音。江幻想那些在长廊里一起等待的人，没有一起回头看他。江幻想自己出发时就明白死去一半的感觉——那些在回望的途中，被他认出的满路人影。在满路人影中，他背起母亲的背包，与母亲一起涉过山村史上最长的旱季。

　　田野干涸。白色的蝴蝶在飞行，像被不断淘洗、不断曝晒的片片纸张。

　　江想起那个清亮的黄昏，母亲的手闪着蓝光。

　　江想起当金黄光影渐次暗沉时，他们站着、看着，说着话。

　　江想起，当幽暗的海无望地包围他们时，母亲静静望着，也浅浅地笑了。

　　夜暗了。江望着长廊里，电脑荧幕上，关于母亲的说明，一次一次，被叠换上不同的字眼。然而江还在等候。预先被原谅的他，在等候他们将他的母亲，牵领出来。等候他们一同，将他们的旅途，接续走下去。

　　他将会快乐地走下去。只因为此时此刻，他发现自己也已经变得空荡了。只因为他知道，此刻过后，在他空荡的心里，再没有什么，会比被像她那样的人原谅，还要更令他难受的了。

2002 年 11 月—2004 年 9 月

【附录】 活

那天，树根透过他弟弟——甜粿——传话给我，说他一下子有了三点重大发现：第一点，这个世界真是太复杂了；第二点，他弟弟甜粿原来是个天才；第三点，他自己的脑袋一直都有问题。听到第三点，我忍不住哈哈大笑，树根的脑袋之别扭，在这个世界上，还有谁比我更清楚呢？

但，且慢，我想我还是从头说起好了。

那天午夜，我带上两瓶高粱，往树根家里去。那时，细雨茫茫，四野无人，我走在湿润的草地上，瞥眼看见一只年轻的蟋蟀，抖擞着触角，跳到我右边，它六足抓紧草尖，摩起前翅，怯生生地唱起一首深情的歌。在我左边，十步开外，一只年轻的青蛙，也四蹼按在水坑里，鼓起胸膛，情深深地唱起一首生怯的歌。青蛙唱得响亮，压过了蟋蟀，但蟋蟀立即好斗地吼起，声响又盖过了青蛙。一蛙一蟋蟀比试着、较量着，天地间充满了摩擦鼓鸣声，所有非人的生物都娇羞地回避了，连我这万物之灵也听得双颊绯红，好不害臊。很久以后，青蛙累了，不得不停下，但它终于想起："哼，我是蛙呢，我可以吃掉你。"于是它缩起肚膜，向蟋蟀跃去。蟋蟀也累了，它静听着沉默，突地想起："呀，我是蟋蟀呢，我会被吃掉。"于是它拖起尾丝，跳离草尖。在那广漠的草地上，青蛙和蟋蟀追逐了起来，愈来愈远，愈来愈小，愈看愈像一对爱侣……请不要奇怪我为什么知道青蛙和蟋蟀在想什么，因为那是我瞎掰的，我只是在想，等一下可以说些什么趣事，让我的朋友树根开心一点。

　　生为树根从小到大的哥儿们，以及他在这个世界上唯一剩下的朋友，我时常觉得自己有义务关照他，所以，我常常跑去他家灌醉他，让他不要老是想着活着有多痛苦。您也不要觉得我去的时间——午夜——很奇怪，事实上，我自己都常常喝得昏昏懵懵，醒来的时候搞不清楚现在几点几分，不过，我一醒来，只要发现身边还有酒，我一定马上带着，到树根家找他一起喝。总之，那是很寻常的一天，我睡醒了，酒还有，我就走去树根家，而时间恰巧是午夜，就是这么一回事。

　　草地边缘，有一间土砖黑顶的矮房舍，那就是树根家。细雨中，大大的月亮压着房舍屋顶，房舍旁，一棵巍巍的大树给这样的月光照透了骨干，一枝一根，都看得一清二楚。我定定神，才发现那巍巍的大树，原来是两棵树一前一后叠映在一起，远的枝叶繁茂，近的枯意索然，连根都浮出了土，在那样大圆月亮的瞪视下，像要腾空而去一般，我的心中，因此升起一种不祥的预感——算了，我胡扯得太过分了，树根家旁边并没有树，而像我这样一个天天天茫的酒鬼，也没有真的敏感到预先察觉事情有些不对劲，我只是一边走着，一边还在想着有关青蛙和蟋蟀的故事，然后，这个故事终于被我想通了。我想，等一下我可以来个"倒叙法"，引起树根的注意，我可以告诉他说，我在草地上，遇见这么一只体型硕大的青蛙，青蛙一动不动蹲在地上，紧咬着嘴，抬头瞪我，从它嘴里，分明发出蟋蟀的鸣响——吱吱吱吱，唧唧唧唧，吱吱唧唧，唧唧吱吱……"很奇怪吧，你见过会模仿蟋蟀的青蛙吗？"嗯，我决定就这样跟树根讲。

就在那时，树根家传来一阵充盈胸臆的笑声，那是甜粿在笑，那笑声大到足以震起月亮，也着实吓了我一大跳，几乎使我脑中好不容易捕捉住的那只青蛙提前吐出一只蟋蟀，鸣着响着，向湿润的草地逃去。"什么事这么开心？"轮到我感到好奇了，我把刚刚编的故事丢到一边，三步并两步，往树根家跑去。

树根家门没关，我一进厅里，就看见甜粿独自坐在桌前。甜粿犹自哈哈大笑，一只光脚跷到条凳上，浑身都是泥水——这我见怪不怪了，因为我知道，甜粿常常穿着衣服跳进河里玩水，起来的时候就是这副德性，我感到奇怪的是，桌上摆满了空酒瓶，而甜粿看起来却一点醉意也没有，因此我想，这些酒一定是被树根喝光的，"好家伙，有酒喝也不找我。"我对甜粿说，一面到处看看，想找树根。我立刻就找到他了。虽然光线很暗，但穿过房门，我锐利的左眼马上就看见他躺在自己房里的床板上，我再看看床边地面——"干！"我大吼了一声。请原谅我这么粗鲁，因为我实在太愤怒了，我感觉自己浑身的血都冲到脑门上，整个人一下子清醒过来，连手上的两瓶高粱都摔到地上去了。我心中只有一个念头——干！事情终于还是发生了！

现在想想，真是可惜了那两瓶酒……讲到哪里去了？明明打算要从头说起的……对了对了，我应该要从树根的一天说起，而不是从我自己的一天说起——哈，天晓得我这种人的一天，该从哪里开始？

那么，关于对我朋友树根而言，这样重要的一天，我想我还是不要随便插嘴乱扯好了。总之，经过甜粿的传话，以及日后我个人的猜测，那天，事情经过是这样的。

一清早，最开始，树根真的以为会发生什么异样的事——例如，他自小在图画中看多了的牛头马面，应该携枷带锁，从眼前某处破空而出，不由分说，将他提走。或者，掌管山村地界的土地公，在他费劲脱离身体那时，应该早已温吞吞地坐在床沿等他，"辛苦了。"土地公会欣慰地对他说，并且执起拐杖，在前为他引路。又或者，至迟至不济，此时也该有什么路过的野鬼孤魂，看见他这副前胸透后背的怪模样，会高兴地大呼一声："啊哈，你也玩完了吧？"

然而，什么也没有，树根站在床板上张望半天，什么鬼东西也没瞧见。

（现在怎么办？）树根问自己。这句独白在他脑袋里回荡良久，使他整张脸渐渐荡失了形状，他赶紧用两手手指叉住两边眼眶，这才保住眼睛。（搞什么？好像人天生就知道该怎么做

似的。）他埋怨着。但他不敢再多想，他低身，单脚一蹬，将
自己弹起，穿越了四十年罗汉脚生涯积累的浊重气息，穿越了
二十多年来每逢夏天，他弟弟甜粿必要以两桶柏油渣痴痴重糅
的黑色屋顶——那粗粗的质地刮去了他半两灵气——哗然投入
山村雨中。他翻转一圈，远远望见大马路旁的杂货店前，他的
村人——里面包括我哩！——如常散乱蹲着，淋着雨，灌着酒，
传递撕咬一只烘鸡。远处的山村小学，铁铸旗杆成四十五度角
歪斜。他抬头看高处，雨从各个方向打穿他，他一举起手，手
就像海滩上兀自伫立的沙堡一样滴滴漏漏地变形。

　　但他还是勉力挥了挥手。

　　（喂，我在这里。）他无声地喊着。但不片刻，他发现所有
人都看不见他。（啊，他们在那里喝酒、吃着鸡肉呢。）他想着，
（而我已经飘浮在空中了。）他低头，（而且在半空中，雨水还这
样自由穿过我的胃。）他双手环膝，抓住脚板，弓起身，想藏起
千疮百孔的胃。他听见椎骨磕磕答答的弯折声，但这响亮的声
音吸引他以更大的力道集中自己，他的手脚缩进身体里，眼球
向前凸出，不一会，他将自己鼓成了一颗大圆球。他鼓鼓胀胀，
跳动起来，以凸出的视线四方搜寻。

　　（嘿，你们都没发现，）他愉快地想着。（连我自己都看不见
我自己了。）

　　半空中，一只孤鸟衔着一条虫，缓缓飞来。地面上，一个
女人背对他，半蹲下，用右肩支起扁担，两手搭住扁担两头的
尼龙袋，艰难地站起，但一站直身，立即迈开利索大步，向雨

中直逸而去。他满心欢喜，跳到孤鸟面前，（您好啊。）他打声招呼。孤鸟视而不见，散乱着鸟眼，向他逼近。（等一下、等一下，）他倒退着，（听我说，我深爱着您呢。）虫在鸟口中不安分地蠕动，孤鸟咬紧喙根，继续飞着。（您不信？把我的心给您瞧。）他的手在体内捣弄一会，摘下心脏，伸出来，高举在孤鸟面前，展示着。

孤鸟与虫各自面无表情，穿过他的心，穿过他的心原来该在的那个体内的空洞，穿过他整个圆圆胖胖身体，扬长而去。

（唉，唉，唉，您真是的。）他哈哈大笑，目送它离去。

只一瞬间，他已将心复原。他摇摇头，头一下蹦出体腔。他踹出双腿，对自己笑笑，（没关系，现在的我，可以爱万事万物。）他发一声吼，大感舒畅，他继续上蹿，直到那整座他活了四十年的山村，在他看来，比一粒米大不了多少，直到那镇日下在山村里的雨，看起来，像是同一滴常凝米粒之上的水。（十、九、八、七……）他默默倒数，数完之后，他奋力扑向水滴，山村在他眼前不断放大、放大、放大，（我要跳进那条河内……）一想完，他已经沿着一道瀑布，跌进河水之中，河床上大大小小的岩石猛烈撞击他、分割他，他嘴咬手，手提脚，脚夹着脑袋，痛快至极。

他又蹿回天上，这样反复跳了一百回。

将近黄昏，他停下，坐在河滩上。长长的沉默中，他看见路边散乱堆了一大叠砖，像是有人千辛万苦将砖搬到这里，想在路边建一幢房子，但突然想起了什么，就匆匆走了，从此再也没有回来过。他看见山壁上开了一个大洞，从洞中汩汩涌出红褐色铁锈一般莫名的水。他看见一辆四轮朝天的大卡车，它一无所缺，像是原本就打算要永远这样躺着似的。

一只蚂蚁缓慢尝试独力拖动一只死掉的蜗牛。

一整本书散乱在一片杂草地上。

那只孤鸟，又衔着小虫飞了回来。他觉得它好像迷路了。

同样一座山村，同样一座他在其中活了四十年的小山村。长长的沉默中，他看着夕阳，突然又蹿起，降落在自己家，穿下屋顶，在横梁上坐着，晃荡着双脚，发着呆。晃着、呆着，直到光渐渐落尽，空气向深处暗去。（沉默无光的黑夜，一如往常，一如现在。）他万般萧索，比活着时更萧索。坐在自己房里的横梁上，他将自己的手指头一根一根抽直，将脚板扳平，将耳朵拔尖，努力尝试把自己经历过的时间，想出一个意义来。很快地，他的脸又荡失了形状。

然后，在那一片幽暗中，他看见他弟弟甜粿，走进厅来。

甜粿一手放下一洋铁皮柏油桶，小心翼翼卷起裤管，坐在小板凳上，一脚浸一柏油桶，就着桶里的清水，饶富趣味地搓洗自己满是污泥的脚，左脚、右脚、左脚、右脚、左脚……并且间歇发出意义不明的笑。（唉。）他叹口气，闭上眼睛，又一次一无遗漏地听取甜粿意义不明的每声笑，足足听了一小时。

（咦？）突然之间，他听见甜粿发出一声沉默的疑问，他张开眼，发现甜粿正抬头，透过房门，望着坐在横梁上的他。

（你在干什么？）甜粿问。

（你、你看得见我，你听得见我想什么？）他说。

（看吗？有啊。）甜粿说。他简直不敢相信，他太惊讶了，他跳下横梁，张开双臂，扑向甜粿，想拥抱他，（哇哈哈，你可以跟我说话？你怎么会……天啊，他们还当你是……哇哈哈。）就在那时，他的双臂撞上甜粿，向外弯折，几乎断裂。

（所以，）甜粿看着这一切，说，（所以，你也变成这样了。）

良久，（对啊，轮到我了。）树根起身，组着自己的手臂，黯然说。

但甜粿微笑着，似乎并不完全明白"变成这样了"是什么意思，只是如常继续洗着自己的脚。好不容易洗完，他打着赤脚，收起小板凳，将两桶水提到屋外倒掉，然后坐到桌前，跷起脚，十指放在桌上，轮流闲闲敲着桌面。无脸的树根，在自己家里漫无目的地飘着，偶尔飘过自己房门时，他会看见房间角落，凌凌乱乱堆着一架石磨臼，一圈橡皮水管，一片橱纱门，一顶打谷机的风箱，一具忘了原先是干什么的木制大钵，半根无齿的猪哥扒，半顶无把的铁锯，三分之一个铝皮便当盒——"另外那三分之二个哪里去了？连便当一起吃了吗？"每次我看到那个搞笑便当盒，都很想这样问树根——以及，寂然躺在床板上的，另一个自己，树根心虚地望着这一切，艰难地想着，（怎么我竟会活成这样？）

（难道，）树根看着两个自己，（还能再死一次吗？）

在他身后，甜粿轻哼着，好像正唱着一首歌，那样地心满意足。树根飘到甜粿前方，仔细看着他，把他整个人，装进自己眼里。他看着甜粿快乐的脸，看着他搁在桌上的十根手指，看着他架在条凳上的，湿淋淋的右脚，看着他踏在地上的，湿淋淋的左脚，看着他那两截犹滴着泥水的裤管，（为什么，）树根突然感到莫名地愤怒，（你每天花那么多时间洗脚，却又一下子就把它弄脏？）

（为什么？）甜粿搔搔头，思索着。

（算了，不必想了。）树根说。

树根飘开几步，背对甜粿，不愿再看他。细雨不眠不休地下着，屋外的草地上，空气暗到最深处了，树根确实感到一种新生的疲累，（唉，）他放弃思索，对自己说，（好想喝口酒。）

（酒吗？有啊。）桌前的甜粿说。

树根回身，看见甜粿双脚踏在地上，起身，弯腰，从壁边提出一个柏油桶，放在桌上。他飘近，望向桶内，看见里面装了十数瓶米酒，他再看看钉在壁上、盛着神主牌的托盘，立即知道，这是甜粿用来祭拜的酒。（是啊，父亲母亲都过世那么久了呢。）他悠悠地想着。甜粿重新坐下，取一瓶酒，拔开松动的瓶盖，就着口，兀自呼噜呼噜灌将起来。一整瓶酒就这样被他喝光了。甜粿抹抹嘴，对他笑笑，把空酒瓶放在一边，又举起一只酒瓶，弹开另一个瓶盖，继续呼噜呼噜灌将下去。一瓶酒就这样又喝完了。甜粿再抹抹嘴，手探进柏油桶内，拿出第三只酒瓶。

（喂，）树根忍不住说，（我的意思是，是"我"想喝酒。）

甜粿笑笑，举瓶就口，依旧呼噜呼噜呼噜噜噜将酒一气灌落腹底。

（好，你有种，）树根生气了，（居然这样对待你死去的哥哥。）——对不住您，以上那句回答完全是我编的，我实在忍不住想讲笑话。其实，树根已经说不出话来了，每次他只要一动怒，他就会说不出话来，他会双眼含泪，瞪着那个激怒他的人，同时觉得自己很委屈。当时，他也是这样的。无论如何，当第十一只空酒瓶整齐地摆在桌上，当甜粿的头在树根眼里，成了一颗剥皮的红番薯时，甜粿问树根，（准备好了吗？）

"准备什么？酒杯吗？哈哈。"如果是我，我会这样回答。

别理我。总之，在那时，树根看见甜粿闭上眼，深吸一口气，一手掐住鼻子，紧抿起嘴，像是潜进深深的水底那样用力憋住气。五分钟过去了，甜粿的脸愈来愈红、愈来愈红、愈来愈红，红到树根不禁担心了起来。（喂，你搞什么？）树根问。突然，他感觉甜粿整个人松开了，变得愈来愈大、愈来愈大、愈来愈大。他惊讶地看着，下颚自动弹出，简直就要掉到地上去了。就在那一刻，甜粿身上每个涨大的毛孔，一起蒸出浓热的雨雾，隔着桌子，隔着眼前空空的酒瓶，迎面向树根袭来。

那真的是酒，那是酒醚积成的大雾。树根感觉到了，他感觉自己一下子被酒给喝干了。

他觉得幸福极了。

他好不容易拿住自己的眼睛，看向甜粿，甜粿的眼角吊着用力憋出的泪，白着脸，也正注视着他。

（喝到了吗？）甜粿问。

（有没有鬼跟你说过，你是个天才？）

（那么，）甜粿说，（再喝吗？）又拿起一瓶酒。

（不了。）树根说。

他知道自己不可能醉得更幸福，已经不想再喝任何一口酒了。他醉了，像根漂浮在水上的羽毛那样飘在空气中，但奇怪的是，在那样幸福满溢的时刻里，他一张眼，看见那张摆满酒瓶的桌子，立即又想起了母亲——等一下，听到这里，我忍不住抗议了，我并不认为是那张桌子的关系，事实上，自我认识树根以来，每次他喝酒一喝上劲，就会开始痛哭流涕地讲起他母亲。并不是我不愿意听他说，而是有些事，他已经提过太多次了，那使我怀疑，他已经把那些场景牢牢挂在脑里，好比风干的腊肉，专门等着拿出来下酒似的。

"桌子是无辜的！"我大力敲着桌子说。

"你闭嘴！"树根透过甜粿传话说，"就是这张桌子让我想起她的，不行吗？"

我想想也对，您不能去预测别人看到什么会不由得想起自己的老娘，对吧？

"好吧，"我说，"但你最好讲点新的，不然大家都会觉得很无聊。"

"你放心，这件事我藏在心里很久了，刚刚才想通。"甜粿传话说。

总之，那张桌子——树根说——让飘在空气中的他，立即又想起了母亲。他想着，在那全无预兆的某一天，他的母亲放弃一直未竟的逃亡企图，决心将自己钉在这张桌前，从此半步不移、一语不发。在那之后，每当他和甜粿回到家时，总会看见她静坐着，耷拉着头，乱发披覆整张桌面，发底，一张嘴憩在一口大碗上，啃咬着、咀嚼着。他会蹭到桌边，拨开母亲长长的发，想看清楚母亲究竟在吃什么。碗里，毫无意外，总盛着一张说不清是什么动物的皮连肉，母亲衔起一端，慢慢嚼着。而，"别烦我。"母亲会用齿缝说，并且用手拨乱自己的发，再把自己埋起来。她什么也不看，也不想让任何人瞧见，只是一意静静吃掉自己生命最后长长的尾端。终于，当他们最后一次走到桌前，拨开她的发时，他们发现她眼前结翳，口鼻淌着白沫。母亲成功了——她提前隐匿，彻底成了一个没有知觉的人。

那是一个像现在这般沉寂的黑夜吧——他想着——那时，弟弟思索一会，立即操起刀剪，将母亲理了个光头。他的弟弟，每天夜里，会将一个大铝盆拖进厅里，打满水，将母亲搬进盆里，在盆里洗着母亲。那时，他总是半躺在床上，透过房门，看着这一切。他看见半个白胖而无毛的母亲，依旧耷拉着头，依旧不言不语，任儿子搓挪着，良久良久。他始终记得，他始终记得一颗灯泡从横梁垂下，大铝盆映起昏黄的连纹水光，他弟弟，他那做什么事都孩童一般无可无不可的弟弟，用手掌撑开母亲身上层层叠叠的肉，泼着水、刷洗着、泼着水、刷洗着……那样像是永远无法结束似的。

那样一座水光连天，永远下着细雨的山村。

但为什么呢？为什么母亲会突然放弃一切动作，突然甘愿那样无知无觉地活在山村里呢？

　　他在半空中回身，静静看着屋外，那在深深的黑暗中，不断落下的细雨。（知道吗？）他看着那样的雨雾，对甜粿说，（今天，我去跳水了呢。）

　　（跳水吗？）甜粿偏过头，愉快地想着，（有啊……）

　　（跳水呢，记得吗？我今天把一辈子的水都跳完了。）他浮起自己，转动眼，透过房门，一跃一跃看向床板，（把你一辈子会跳的水，都一起跳完了呢——记得吗？）他对自己说。（记得吗？是的。）他闭上眼睛，在充实的黑暗中浮浮沉沉，黑暗中仿佛有一个声音回答他，是的，看见了，看见了。然后，突然之间，就那样毫无预期地，过往的炽热的时间<u>丛</u>，都一起向他迎面爆破了。他看见了……

　　"请问……"我问他，"你说的那个什么<u>丛</u>的，是什么东西啊？"

　　"你先别管。"甜粿传话说。总之，那意思是过去的往事都一起回来了，他说，他真的看见了，他看见在那浓重的、那亘古以来一直如此的雨雾中，一个艳阳天绽放了，那些曾经活活泼泼的人们，圆足地笑着，走进一排白瓦砌成的厂房里，爬上灰铁铸成的楼梯，直直走向它的心脏。那群人当中，有一个，是他的父亲，还有一个，是他的母亲。他的父亲母亲，一同走向工厂大门，大门口的守卫亭，由一个流浪汉占着，亘古以来一直睡在那里，悄无声息。母亲伸手，将新蒸的馒头搁在守卫亭的窗槛上，赶上父亲，赶上人群。阳光晃动得厉害，母亲以手覆额，那些黄衫黑裤的男男女女，都健康无虑地晃动着步伐，仿佛着火一般。

他们爬上灰铁铸成的楼梯，走进工厂的机房里，他们要清洗冷却水塔，放干锅炉的蒸气，擦净压缩机的油垢。那间热烈而潮湿的机房，那颗镶在厂房半空的心脏，那些钢肢与铁管缠成的黑暗机器里，住着亿万只饥饿的跳蚤，它们认出了未出生之前就已等待着的血与肉，它们沉默而且各自疯狂了。

黄昏时分，那对新婚夫妇，他的父亲母亲，手牵着手奔出厂房，他们浑身是汗，浑身的油污与跳蚤。母亲望望守卫亭，望望窗槛上消失的馒头，对父亲眨眨眼，笑着，如此他们完成了一天的工作，心畅意醺地回家了。

如此，在渐渐缓慢的浮沉中，在甜粿一意的欢笑中，他听见他们奔过湿草地的声音，他看见，在这间朦胧小屋里，他们推门，走了进来。他们好年轻，他们如此轻手轻脚地脱光彼此，拉开一点窗缝，把栖满跳蚤的衣物掷出屋外。然后，他们对视着，他们一身红痒且热切地对视着，他们甚至忘了把窗户推回去。这些，他都望见了，他看见就在这张桌旁，在他弟弟甜粿身后，他的父亲母亲，裸着身体追逐着，在世间所有被蒸散而出的雨雾之中。

（哈哈哈。）他的母亲说。

（哈哈哈。）他的父亲说。

（哈哈哈。）他的弟弟用一辈子的时间这样说。

那又是一个静默的夜吧，那时，一身的伤痕不会令他们想起世上的一切苦役。（然而，记得吗？）他兀自想着，好像终于能够终于用这双彼时早已无法碰触任何东西的手，挥散那些雨雾，他看着他的父亲母亲，他沉默地想着——当然，你们不会知道，很久很久以后，你们即将如此欢快地陆续生下两个孩子，头一个，有着一双畸形的脚，终其一生不能让自己好好站着，第二个，有着一颗如此巨大的脑袋——"那个呆子。"每个邻人，都会这样长久而公开地称呼他。

　　他看着他的弟弟甜粿。（记得吗？）他对甜粿说——你一定已经让自己忘了吧，所以你才会这样笑着。你忘了，在那座山村小学里，每一位新来的老师，都立志一定要让你学会写自己的名字，他们牢牢握住你的手，紧掐着铅笔，在纸上画着，说——"一个舌，一个甘，一个米，一个果，记住了吗？会写了吗？"你每次都记得笑，仿佛这是一个每位大人玩之不厌的游戏，但你不会知道，有一天，他们的耐心突然就耗尽了，他们会牢牢抓住你的手，抽出藤条，一下一下打在你的手心上，"怎么那么笨？怎么那么笨？怎么那么笨？"他们吼叫着。你看着自己渐渐红肿的手，完全不明白这是怎么回事，但在那光线惨白的教室中，你看见每个人都笑了，因此你也张嘴哈哈大笑，你的老师停下动作，愣愣看着你。（快跑啊。）你不知道，下一秒钟，他们就要抓着你的肩膀，狠狠抽打你的背，你不知道，他们暴怒了，他们一点办法也没有了，他们只有确定你也会痛哭，才能当你是个人。

　　但你们什么都不在乎。（记得吗？）"去玩水啰。"——父亲总也这样喊。这时，你一定记得快乐地应和，父亲背起我，而母亲牵着你，另一手捧着毛巾。我们出发了，我们无论有伤无伤、无论能不能行走，都要一同向那河滩去。你真是一个善泳者，你一定第一个涉过水，你赤着光瘦的上身，站在河中央一颗牛背一般的大石头上，对我们说——"鱼，好吃吗？"然后扑通一声跳进水涡里。我们在岸上，每次都笑了，我们笑着回味父亲说过的一个无聊故事，说是有一个持戒的修行者路过河滩，一时嘴馋，抓起一条鱼，烤了吃，吃到一半时，焦黑的鱼弯起露出骨骸的半边身，抬头问修行者——"鱼，好吃吗？"我们无碍地笑着你的模仿，看你那赤条的骨架，在河水中打旋。

　　（鱼，好吃吗？）半空中的树根，默默问着甜粿，然后，仿佛力气耗尽似的，他降落在桌子上，张开眼睛。就在那一刻，他发现在桌前，弟弟身旁，原来一直坐着就碗啃食的母亲，那时，门被推开了，他看见父亲走了进来，头上披着湿湿的大毛巾，父亲拨拨母亲的发，愉快地哼着一首歌，而，"别烦我。"母亲说，不，母亲尚不会这样说，母亲什么都没说，母亲肩膀微微抖动，阴郁且黯然地笑了。父亲的歌，唱得真难听，就跟父亲讲的笑话一样，然而，父亲真是一个这样终身愉快、健朗且轻忽的人，所以才会那样突然地惨死，所以你只会记得他的歌和笑话。是的，（记得吗？）他一直记得，在那河滩边，父亲牵着自己的手，陪着固执地生着气的自己，陪他坐着，看水中央的弟弟，看河岸边的母亲——"你不能过去，但你看着吧。有没有？"父亲说。

　　有没有？在那河滩边，孤孤一棵杨柳低身啄水，河的另一面，野姜花怒放着，那千百年前就已切成的红褐色河谷，在瀑布之下，那颗牛背一般的巨石经历了万次洪荒，每次都只微微调动它的经与纬，仿佛只是被牛蚤叮了一小口。有没有？在这样一座小山村里，很多人弃了农稼去了远处，许多人又陆陆续续回来了，他们带回了拖拉机、钢骨手臂，或者一颗机械心脏，尝试着将那些断肢残骸，种植进土壤中。于是，废耕的农地垒高了，沟壑划出了，一边是白色的工厂厂房，另一边是菅芒花丛，年老的农夫，与年轻的工人隔着沟壑，一边在菅芒花丛中寻着菜蔬，另一边拖出一袋袋工厂废料，堆在土地边缘，听任雨打太阳晒。有没有？无论年轻或老去，在那样一个平常的日子，他们都挤在大马路旁的杂货店，喝着一样醉人的酒，那个人，那个亘古以来一直败退的流浪汉，此时才从他最后的守卫亭里醒来，他踱到人群之中，觅着半空的酒瓶。于是，当新任的山村小学教师，好不容易下了长途客运时，她或他一眼就会看见我们。

　　她或他，会听见一个流浪汉这样骂我们——"你们都是猪。"

　　"你是跟猪讨酒喝的猪。"我们也这样回答。

　　她或他提起行囊，走进山村小学里，那时，他们丝毫不想痛打任何人，他们只是看着，看着铁铸旗杆倾斜四十五度角的偌大升旗台。

　　有人放弃在路边盖一幢新房。

　　有人挑着扁担走向远处。

　　有没有？有没有？有没有？……

　　（记得了。）那真是征战一般的大行军啊，（只是，在那样行军之途中——你今天是否神清志明呢？——我应该要记得每天这样问你。）他再次看见了，他完全看清楚了，他看见一动不动坐在桌前，露出阴郁且黯然的笑的母亲，在母亲的记忆一直停驻的那一天，恍然之间，他看见在母亲身后，父亲擦干了头发，换上一身黄衫黑裤，自母亲碗里拿出一颗白馒头，轻抚母亲的肩膀，推开门，走了出去。

　　那脚步声，在湿润的草地上，异常巨大地响着，他想闭上眼，不忍再看了，但，"你看着吧。"父亲这样说。于是他睁开眼睛，紧紧盯住母亲，母亲微微抬起头，无神的瞳眼闪烁着。母亲也看见了，一直以来她都不断看见那一切，她看见父亲走进一个微雨的星期天里，醉酒的人各自安睡了。他把馒头交到守卫亭的窗槛上，走进工厂里，隐匿无踪。片刻之后，她，年轻的她，将隔着沟壑，最后一次见到他。那时，她在菅芒花丛这头，他在工厂边缘那头，她问他在干什么，他说："来锄草，废料堆不下了。"他也问她来干什么，她说："找一颗萝卜，晚上煮汤。"他于是不怎么有效地对她勾勾眼，说："那晚上去你家吃饭好吗？"她看着他，思量这大约是个愉快、健朗且轻忽的调情，于是也浅浅地笑了。他放声大笑，回身去提起一个铁桶，她也回过头去，拨开芒草丛。

　　当一声巨响，身后一亮，当她再回头看他时，他已经全身着火了。隔着沟壑，在细雨之中，她看见他半坐在一地的火芒中，衣物四射，卷进黑热的旋风中，但他赤裸的身体，愈缩愈小，愈缩愈小，几乎就要原地隐匿不见。

她完全不能动弹，她看着他，突然想起许多事，她想起，对啊，我忘了问他，你铁桶里装的是什么，不要是废油吧，你不会轻忽到想放一把火烧掉所有的草吧，你找不到镰刀吗，我可以指给你看啊，就在啊……就在啊……就在啊……她于是那样巨细靡遗地想起了自己家中的各个角落。

当她再回过神时，她看见守卫亭里的流浪汉，站在远远的地方，望着她。

那时，他和弟弟在自己家里，他端坐在一个木箱里，由弟弟拉着，四处走动，"快跑啊。"他赶着弟弟，像赶着一匹欢快的骡子。在门窗洞开的家中，他先看见一些邻人纷纷乱乱跑开，很久很久以后，他们陆陆续续走了回来，以一种奇特的眼神，望着他和弟弟。

他止住一直大笑的弟弟，他将记住那种眼神，一辈子不忘。

"她一动不动，只是坐在那里看着他被烧成煤炭呢。"流浪汉以全然的清醒，兴奋地说。

"你知道吗？"甜粿传话说，"我一直到昨天都还在想，如果当时，我的母亲并不在场，你们是不是就能原谅她呢？"

"我们？"我说。我想抗议，但他止住我，他说，反正一切都没有差别了——什么叫"没有差别"？那一切关我什么事？老实说，我真的有点生气了，我想着，为什么这家伙人都死了还这么独断独行呢？

但，唉，算了。

总之，那些时光啊——他继续说，我继续听——往往，在凌晨天将亮时，他的母亲，会突然起身，在自家屋里走动，叨叨念道："走吧，快走吧……"然后，他的母亲会冲回自己房间，从床板底下拖出一口皮箱，再冲到他和甜粿的房间，把他背在背上，一手牵住犹在床上睡觉的甜粿，连人带皮箱，一同冲出屋外。那时的树根，其实已经清醒了，事实上，他一听到母亲踩着拖鞋，四处拖磨地板的声音，无论他多困，他都会立即清醒过来，但他总是虚闭着眼睛装睡，任母亲背着，满路乱窜。他害怕惊醒梦游一般的母亲，也害怕看见那些正打量着他们的，"我们"这些山村人。在那样漫无目标的奔逃中，他的弟弟甜粿，会终于张大眼睛，清醒过来。甜粿看看四周，开心地问："去玩水吗？"

"走吧，快走吧……"母亲说。

甜粿欢呼一声，撒开母亲的手，跳跃着，往河滩的方向奔去。母亲弯着腰，背着他，一手提着皮箱，眼看着甜粿的脚步，像是终于找到指示那样，头低脚高地紧紧跟随。于是，他们一家的清晨大出亡，一定终止于那面熟悉的河滩。甜粿跳下水里嬉戏，母亲站在岸上喃喃自语，而他在母亲背上，他一直都在母亲背上，他惊惶四顾，紧紧环住母亲的脖子不肯放手，仿佛地面会烫人似的。然而，无论他往哪个方向望去，那都是一个光天化日、会与人的目光相遇的世界。那样地无以隐藏。

然后，就在这么一天，母亲背着他，一手牵着泥水满身的甜粿，另一手仍拖着一口皮箱，从河滩上走回家，无可逆料地，他们在路上撞见一场丧礼。他们站在别人门前新搭的棚架边，看活人吵闹，看死人安静。那些活人仿佛都早已明了——自己所参加的最后一场丧礼，永远不会是自己的丧礼，所以，他们才会有那种一切像是永远都不会结束的神情，说不清是笃定，还是惶惑。那时，甜粿突然伸出湿淋淋的手，指着棚架壁边的地狱图，问母亲说："他们为什么都不穿衣服？"母亲打量着那些图画，看看甜粿的脸，再转头张望四周，长吁一声，带着他们回到家中。

就是那一天，他说，一定就在那么一天，他的母亲终于发现，她其实已经无可隐匿了，即便她死了，她也不能免于那些活人心中的注视，或者应该说——正因为她死了，才不能不被看见，被那样钉在壁边。所以她决心彻底放弃那些徒劳的奔亡，就如同坐视父亲死亡那样，坐视自己在众人的目光中静静腐坏吧，因为已经没有差别了。必定是这样的，他说。

那时，树根认为自己已经把事情都想明白了，也像母亲那样，长长吁了一口气，顿时觉得很轻松。然后，他发现自己正慢慢缩小，慢慢地没有力气了，似乎就要这样在桌面上消失不见了。（原来，）他想着，（彻彻底底地消解无踪，这就是死后会发生的事啊。）没有牛头马面，没有引路的土地公，而那些地狱的风景，原来都是活人世界中的光影。他感觉自己只剩一只眼球的大小了，于是，他就用自己全身，再一次望向桌前的甜粿，（那么，）他对甜粿说，（我走了。）

（去哪里？）甜粿问。

树根思索着，想着该如何以甜粿能明白的方式，对他说明这一切，他发现，在那一刻，如果还有什么是令他遗憾的，那就是他从来没有好好对甜粿说明事情。良久，他只能无奈地对甜粿说，（我要变成我们爸爸妈妈那样子了，这样你明白吗？）

（妈妈吗？有啊。）甜粿说。

然后，他完全不能理解的事情发生了——他看见甜粿伸手从裤子口袋里，轻轻掏出一个果核般大小的东西，单手捧着，放在桌面上。那东西长着一张脸，戚然迷醉地与他对望。（那是什么？）树根挤尽力气，吃力地辨识着，终于，他认出来了——那是他母亲，缩成果核般大小的他母亲。

（爸爸也有啊。）甜粿接着说，他又从另一边裤袋，掏出一般大小的他父亲，放在桌面上。父亲用那不见久矣的狎昵表情，对树根挤挤眼。

树根一句话都说不出来，他在桌面上，轮流看着他的父亲、母亲、父亲、母亲……大概过了两辈子那么久，树根终于能说话了，他说，（怎么会这样？为什么？）

（为什么？）甜粿搔搔头，思索着。他说，（本来是爸爸，后来妈妈也变成这样了。）

他的父亲沉默地大笑了起来。

他的母亲也沉默地大笑了起来。

（哈哈哈。）他也沉默地大笑了起来。

他的弟弟甜粿，坐在桌前，发出了足以震起月亮的笑声。

然后，我愣头愣脑地跑了进来，看见那一切，无辜地摔破了两瓶酒。

以上，就是那一天的整个事情经过。"好吧，"听完一切后，我问树根，"你说你早上曾经飞过杂货店前，那你说说看，我在那里干什么？"

"哥哥笑了。"甜粿告诉我。然后，树根复述了一遍我在那天早上所发生的一堆鸟事——我蹲在杂货店前淋雨，我喝醉了，独食了一整只鸡腿，因此和众人一言不合，大打出手，我的右眼，就是这样肿起来的。"对呀，那些痞子。"我笑笑，摸摸自己的右眼，想着我的这个伤痕，原来竟可成为我朋友树根在死后依旧存在着的证据，想来，我在这世间，原也不是毫无用处的。我因此开心不少。

天将亮时，我带着许多人，又一次进到树根的房间，去查验那躺在床板上的，另一个他。他的左手依旧那样僵直地横出床沿，血流了一地，两只脚上缚着的铁架，软软地彼此交叠。床边有一架石磨臼。树根曾经跟我说过，有无数个黄昏，他就那样躺在床板上，抱着薄被，忧心忡忡望着屋角那架废弃的石磨臼。石磨臼亮着金色的光，金色的光从土砖墙的各个孔隙透露进来。他转过头，那时，他总会看见一张人脸，填满最大的那个墙缝。他翻过身，用被蒙住头，阻绝任何声音，但他又想起，那张脸本来就是悄无声息的。他猛一扭头，发现那张脸还嵌在墙上。他莫可奈何，只好躺平，正视着屋顶下方的横梁，默默将横梁瞪到昏黄一片。那么现在，树根应该是安全了——

每当甜粿穿上裤子时，他们一家就团圆了。虽然很对不起树根，但是日后，每当我想到这一点，我就忍不住哈哈大笑，我认为这是我这辈子想过最好笑的笑话了。

然而，天晓得，当我一个人走回家时，我突然觉得难受极了，我反复想起树根的左手腕，树根的铁架脚，树根那间气味浊重的房间，那架石磨臼，那些查验，那些在低矮的房舍里交头接耳的，"我们"这些人。我的心中，不断升起一股想打人的冲动，几乎就要立刻跑到随便哪个痞子家去，再找他干上一架。

但我终究没有这样做。我只是默默走回家去，沉沉睡了一觉，然后醒过来，然后在正中午时，走回杂货店前，找到那些痞子，立即和他们和解。我们蹲在大马路边，搭着彼此的肩膀，灌彼此酒，然后一起醉倒在大马路上，又一起醒过来，一起发现彼此居然都没有被大卡车压死。然后，我们挥手作别，趁势抓住最近的人猛揍一拳，又各自默默走回自己家里去，沉沉睡了一觉。

然后醒过来……

偶尔，当我路过河滩时，会正巧看见甜粿也在那里。我会在岸边坐下，静静看着他，那时我才发现，他的举动，其实已经离"玩水"很远了，他只是小心谨慎地从河滩这边涉过水，爬上河中央那颗牛背大石，然后紧捏着两边裤袋，微笑着，人棍一般直直插进河底，片刻，他依旧紧捏裤袋，从河底走上来，走到野姜花丛那一岸，再回身，走进河底，走回河滩这一岸，走过去，走回来，走过去，走回来……很奇怪，在这样一个彼此瞪视的世界里，却已没有人特别留意他了。恐怕，再过一世纪，都不会有人发现他的裤袋里，其实藏着三枚已经挥燃殆尽的小煤球，那样地终于能在凉凉的河底，享受他们毫无作用的自由，而甜粿，以这样得以为人忽略的姿态，护卫着他们，带着他们行走。

老实说，要我像甜粿这样活着，我宁愿把自己憋在河底永远不要爬上来。

不幸的是，这样的我，还是利用了那样的甜粿。我已经跟甜粿约定好了，在未来的某一天，当我也挂点了的时候，可能的话，我一定第一时间飞去他家，到时，他一定要请我喝一次酒。看着那绵绵不断的山村细雨，听着那生气勃勃的蛙鸣蟋蟀响，我想着，喝了一辈子酒，我还真不知道，什么才叫完全不想再喝下一口的幸福时刻。

——原载《印刻文学生活志》2003 年 9 月号

图书在版编目（CIP）数据

无伤时代 / 童伟格著 . -- 成都：四川人民出版社，
2019.7

ISBN 978-7-220-11394-9

Ⅰ.①无… Ⅱ.①童… Ⅲ.①长篇小说－中国－当代
Ⅳ.① I247.5

中国版本图书馆 CIP 数据核字 (2019) 第 098065 号

四川省版权局
著作权合同登记号
图字：21-2019-205

WUSHANG SHIDAI
无伤时代

著　　者	童伟格
选题策划	后浪出版公司
出版统筹	吴兴元
编辑统筹	朱　岳　梅天明
特约编辑	范纲桓
责任编辑	冯　珺
装帧制造	墨白空间·曾艺豪
营销推广	ONEBOOK
出版发行	四川人民出版社（成都槐树街 2 号）
网　　址	http://www.scpph.com
E - mail	scrmcbs@sina.com
印　　刷	环球东方（北京）印务有限公司
成品尺寸	143mm×210mm
印　　张	7
字　　数	135 千字
版　　次	2019 年 7 月第 1 版
印　　次	2019 年 7 月第 1 次
书　　号	978-7-220-11394-9
定　　价	42.00 元